THEATERBIBLIOTHEK

Friedrich Karl Waechters Erzähltheater

Mit 10 Zeichnungen des Autors

Verlag der Autoren

Die Deutsche Bibliothek – CIP-Einheitsaufnahme

Waechter, Friedrich Karl:
[Erzähltheater]
Friedrich Karl Waechters Erzähltheater / mit Zeichn. des Autors. – Frankfurt am Main : Verl. der Autoren 1997
(Theaterbibliothek)
ISBN 3-88661-181-7

Satz: SVG, Satz- und Verlags-Gesellschaft, Darmstadt
Druck: betz-druck GmbH, Darmstadt
Printed in Germany

Inhalt

Für Verena Reichhardt

Zu meinem Erzähltheater

Es begann mit dem Teufel. 1974 schrieb ich die erste Version einer Theaterfassung von Grimms Märchen vom Teufel mit den drei goldenen Haaren, eine Fassung mit etwa 50 Rollen, und – im Geist der damaligen Zeit – hütete ich mich, das Märchenhafte zu betonen, versuchte statt dessen, den historischen und sozialen Realitäten der Bauern, Räuber, Soldaten und der Gesellschaft bei Hofe gerecht zu werden. Und dennoch wurde aus der Inszenierung der Uraufführung ein typisches Stadttheater-Weihnachtsmärchen. Während der weiteren Beschäftigung mit Märchen wurde mir immer klarer, daß ein Märchen mit eigenen Worten erzählt oder mit denen der Brüder Grimm gelesen, niemals so etwas Realitätsfernes, Sentimentales und Kindertümelndes bekommt wie wir es von so vielen Märchenaufführungen kennen. Es mußte also am Geist des Regisseurs und der Schauspieler liegen. Doch als ich über Jahre hin die immer wieder umgeschriebene und verdichtete Fassung des Teufels selbst inszenierte und das Bühnenbild dazu machte, blieb auch dieses Ergebnis hinter der Kraft der Bilder zurück, die sich beim Lesen oder Erzählen des Textes einstellen. Das war der Grund dafür, nach 20 Jahren eine neue Fassung für nur einen einzigen Darsteller zu schreiben. Er hat den Erzähler zu spielen, und als solcher kann er auf ungleich souveränere Weise alle Figuren seiner Geschichte spielen, weil er sie je nach seiner Absicht mit einem Minimum an Aufwand andeuten, auf eine Eigenart, eine Eigenschaft, oder ein vorherrschendes Gefühl reduzieren, groß ausspielen, karikieren oder auch links liegen las-

sen kann. Er kann eine Figur beschreiben, indem er nur die Wirkung spielt, die sie auf andere ausübt, er kann, sozusagen mit nichts die reichsten und schönsten Bilder in die Köpfe seines Publikums bringen.
Die Uraufführung dieser Fassung spielte Verena Reichhardt. Sie spielt sie heute noch, sitzt auf einem Fußbänkchen, spielt mit einem kleinen Finger die Königin, mit einem Lippenschürzen einen Sekundenauftritt des Prinzen von Lothringen, spielt singende Vögel und das in der Ferne vorüberziehende Heer des Königs als Wahrnehmungen des zu neuem Leben erweckten Knechtes, spielt eine tanzende Hofgesellschaft, die Gefühle und Gedanken jedes ihrer Mitglieder und verläßt doch ihr Fußbänkchen und ihre Geschichte nie.
Seit dieser schönen Erfahrung schreibe ich Texte fürs Erzähltheater, die ich, wenns geht, mit Verena als Erzählerin zur Aufführung bringe. Es ist eine Form, in der, wie mir scheint, höchste Schauspielkunst mit dem zusammenkommt, was wir alle kennen, wenn einer am Kneipentisch oder an der Straßenecke hingerissen von dem, was er erlebt hat oder gerne erlebt hätte, loslegt und Talent, Glück, Gnade, manchmal sogar Alkohol ihm dabei die Flügel leihen, so daß er das, was er sagen will, auf eine wunderbar stimmige Weise tut.
Dieses Lob will nicht Verenas Talent in den Himmel heben, sondern jeden Schauspieler ermuntern, das zu tun, was wir auch versuchen, nämlich bei jeder neuen Geschichte eine besondere Erzählweise zu finden, die viel mit der Eigenart eines jeden Schauspielers und der Eigenart der jeweiligen Geschichte zu tun hat. Wir haben bei jeder neuen Geschichte eine andere Erzählweise und Erzählhaltung zu entwickeln versucht:

Beim TEUFEL erschien uns wegen der Unzahl der Rollen das physignomische Wechselspiel besonders reizvoll, bei der rätselhaft romantischen Geschichte von MÜLLERS HUT setzten wir auf die Wirkung einer hellen Figur in einem großen, dunklen Theaterraum und den Möglichkeiten, sich darin zu bewegen, für die EISPRINZESSIN wurde des Teufels Großmutter zur Erzählerin, weil sie in einer ganz anderen Weise sich über die Menschenlüste lustig machen kann. LUZI und DAS PFERDEAUGE sind Icherzählungen, bei denen das Verhältnis zwischen Erzähler und Publikum besonders wichtig ist, weshalb die direkte Ansprache richtiger ist als illustrierendes Spiel. Beim ALBERNEN HANS stelle ich mir als Erzählerin eine Katze vor, die unsichtbar in Hans' Schatten alle Abenteuer des Helden miterlebt, beim SINGENDEN KNOCHEN einen Schachspieler, der die Figuren der Geschichte, während er deren Text spricht, auf einem schachbrettähnlichem Grund versetzt. Doch da die Proben noch ausstehen, wird alles sicher noch anders werden, denn die Möglichkeiten sind grenzenlos. Ein einziges Requisit, ein Stuhl, ein Stock, ein Hut kann zum entscheidenden Mittel werden, mit dem der Erzähler spielend seine Geschichte anschaulich macht, ohne die Phantasie des Zuschauers durch eine allzu naturalistische Darstellung zu beengen.

FKW

Vom Teufel mit den drei goldenen Haaren

Es ist schon ein paar Tage her, drei, vier, vielleicht auch sieben, da schlurfte des Teufels Großmutter über die Erde und suchte den Teufel.

TEUFELS GROSSMUTTER »He, Enkelchen! Wo steckst all wieder? Das Essen steht auf dem Tisch, und wer nicht da ist, ist der Teufel. Kartoffelpuffer gibt es! Nachher schreist wieder, wenn sie kalt sind und lappig. He, du Hornochs! Kartoffelpuffer, Kartoff!« *Erschrickt und schaut nach oben.*

Da tanzte ihr plötzlich einer auf dem Kopfe herum mit Schuhen aus dreckigen Lappen. Das war ein Bauernknecht, der über ihr an einem Baume hing und seine Beine tanzen ließ im Wind. *Betrachtet ihn eingehend.* Das ist ein Mann. Der hat ein Gesicht. Warum muß der hängen?

TEUFEL »Warumwarum!«

Grunzte der Teufel, der hinter einer Schlehenhecke hockte.

TEUFEL »Das macht Angst und dumm, da ist Ruhe im Land, draus backt sich der König einen Kuchen.«

Da kam ein Windstoß von der Hölle her.

TEUFEL *der seine Nüstern bläht* »Kartoffelpuffer!«

Und polternd fegte er über die Erde davon.

TEUFELS GROSSMUTTER »Warum?«

Mehr Antworten bekam sie nicht, denn der Teufel war längst hinterm Berg, und auch der Tänzer über ihrem Kopfe schwieg, denn er war tot. Da packte des Teufels Großmutter eine Wut. Sie zog ein Schlachtermesser vor und schnitt den Bauernknecht vom Strick, daß er ins Gras plumpste. Da lag er nun, und des Teufels Großmutter beugte sich über ihn und raunte ihm ins Ohr.

TEUFELS GROSSMUTTER »Es war einmal ein Bauernknecht, der war so frisch und mutig wie der Teufel selbst. Wer nichts zu verlieren hat als ein Leben voller Plackerei und Angst, der wird vom Elend erdrückt, oder sein Fell wird hart, daß er keinen König und keinen Tod mehr fürchtet.«

Dann küßte sie den Mann im Gras und huschte davon wie der Wind. Und der Bauernknecht erwachte zu neuem Leben. *Töne von erwachendem Leben. Schlägt als Knecht die Augen auf und staunt über die schöne zwitschernde Welt.* Da hörte der Knecht den König, der mit seinen Soldaten vorüberzog. *Das Trampeln der marschierenden Soldaten.* Er sprang auf seine Beine und rührte sie, wies die Soldaten taten und fand das lustig. *Rührt seine Beine zum Rhythmus der Marschierer.* Doch wie die Soldaten den zerlumpten Kerl erblickten, fanden sie das gar nicht lustig. Der Hauptmann wurde rot vor Zorn.

HAUPTMANN »Stiehkestanke happ! Wietzpolt macht Wietz üper Soldatt des Künniks. Treip Wietzpolt Wietz aus zwo trei! Kerpt ihm tas Fell!«

Da fielen des Königs Soldaten über den frechen Lumpenkerl her. *Schreie und Schläge.*

Aber das Leben des Knechtes war neu und frisch. Da hatten die Soldaten große Mühe, *Schreie und Schläge.* bis sie ihn endlich überwältigt hatten.

HAUPTMANN *sich die Schnurrbartspitzen zwirbelnd* »Junk unt stark, wie Soldatt soll sein! Steckt ihn in ten Soldattrock zwo trei!«

SOLDAT »In den Soldattrock, zu Büfell!«

Da holten die Soldaten einen Uniformrock vor und gaben ihn dem Knecht. Der zog ihn an und staunte und hatte sowas Schönes noch nie am Leib gehabt.

KNECHT *der wie ein Gockel tanzt* »Das ist blau, das ist rot, das ist schön.«

Da kam der König in Begleitung des Prälaten und Ministers. Und die Soldaten wurden steif vor Ehrerbietung. Allein der Knecht sah nichts als seinen Rock und freute sich.

KNECHT *herumspringend* »Ich bin in einer Glückshaut geboren. Wenn das so weitergeht, wird noch die Königstochter meine Frau.«

KÖNIG »Stopft ihm das Maul!«

HAUPTMANN »Stopfts Maul zwo trei!«

SOLDAT *salutierend* »Stopf Maul, zu Büfell!«

Da hatten die Soldaten wieder ihre Mühe, *Schreie und Schläge*, bis sie den Knecht am Boden hatten und stopften ihm das Maul voll Erde. *Laute des geknebelten Knechts.* Da konnte nun kein Wort mehr raus, den König zu verärgern. Und der Minister blies dem König rechts ins Ohr.

MINISTER »Wer solche abscheulichen Reden führet, ist uns gefährlicher als uns lieb sein kann.«

Und der Prälat blies dem König links ins Ohr.

PRÄLAT »Der Kerl ist einer, der ist gewißlich vom Satan besessen.«

MINISTER »Weshalb er also gleich um eines Kopfes Länge sollt verkürzet werden.«

PRÄLAT »Satan führe aus ihm heraus und in den nächsten hinein. Das brächte wenig Gewinn.«

MINISTER »Man sollte in so delikatem Falle sich einer List befleißigen.«

PRÄLAT »Zum Beispiel einen Brief aufs Schloß ihn tragen lassen. Da müßte er durch jenen Wald, darin die Räuber hausen.«

MINISTER Die spießen nichts so gern auf ihre Spieße als einen Mann im königlichem Rock. Und sollte er, was Gott verhüten möge, den Räubern doch mit Teufelslist entkommen und unversehrt den

Brief der Königin überbringen, so soll der Brief des Inhalt sein, daß –.«

PRÄLAT »Des Inhalts etwa, daß sein Überbringer vom Satanas besessen sei und darob allsogleich verbrannt soll werden, wies Satansbrüdern wohl geziehmet.«

KÖNIG. »So sei es.«

Rief der König, schrieb den Brief, und die Soldaten kratzten dem Knecht die Erde wieder aus dem Maul.

KNECHT, *spuckend, jubelnd dem der Brief ausgehändigt wurde* »Einen Brief vom König, für die Königin, aufs Königschloß! Wenn das so weitergeht, wird noch die Königstochter meine Frau.«

Und er lief fort und trug den Brief des Königs über Berg und Tal und kam am Abend noch an einen großen dunklen Wald und lief hinein, bis er vor Müdigkeit nicht weiterlaufen konnte. Er stieg auf einen Baum und sah ein Lichtlein in der Ferne. Dort schleppte er sich hin und kam an eine Hütte. Durch einen Türspalt sah er eine alte Frau. Die stand am Herd und briet ein Stück von einem Ziegenbock. Der Knecht klopfte an die Tür und hörte wie die Alte krächzte.

ALTE »Parulla Ugh?«

KNECHT »Macht auf!«

ALTE *die ein Messer zückt* »Wärr do?«

KNECHT »Ein Bauersknecht, hab mich im Wald verirrt.«

ALTE »Mach furrt, wann dejn Lebban dirr libb.«

KNECHT »Mach auf, bin müd wien Mehlsack.«

ALTE »Hirr äss Hous vun Rejbarr. Sänd bald do und stäch tot, wann nächt geh!«

KNECHT »Mach auf, bin viel zu müd zum gehen.«

ALTE »Wirrst bießan missan.«

Da öffnete das alte Weib die Tür des Räuberhauses.

ALTE »Jessas Marrie! Soldatt! Kejn Schritt wejtarr, ich dirr stäch in Liggenmoul.«

Jedoch der Knecht fiel wie ein morscher Baum der Alten vor die Füße und schlief, eh noch das Weib bis drei hätt zählen können. Da rollte sie den Schlafenden in eine Truhe, damit die Räuber ihn nicht gleich entdeckten und erdolchten.

KNECHT *schlafend* »Ein Brief vom König, für die Königin, aufs Königsschloß!«

ALTE »Woss soagst? Ejn Brijew? Vum Künnik?«

Schritte im Walde.

ALTE »Jessmarrie, sej kumman. Nu holt dejn Maul stille, wonn vurrm Tod noch bißgan schloafan mechst.« *Klopfen.* »Parrulla Ugh?«

RÄUBER »Wanzlehurrka.«

Da öffnete das alte Weib und ließ die Räuber ein.

RÄUBER »Jenna.«

EIN ANDERER RÄUBER »Holla, Babutschka.«

ALTE »Huschnja jenna.«

Sie setzte ihnen Hirsbrei vor und Ziegenbraten und freute sich, daß einer zu erzählen hatte. Das machte Lärm und gab Gelächter. Da war das Schnaufen aus der Truh nicht so zu hören. *Gelächter.*

RÄUBER *Ruhe gebietend* »Usch bijn allon im Hulz. Dej Sunn well horruntgung, än usch moos kacka. Usch treja dej Hoss horrunt, mietja uf Wegna, än kacka. Da husta broschnja kummt – tarramtarramtarramtarram – därr Jraf vun Hohenlohe ufam Pferdje gallupparrt. Furrka Madonna! Usch zorr dej Hoss horruf, daruck mejn Kappja iebarrn Kackahufan, doch därr Jraf vun Hohenlohe hoots guckat än froogat: »Woss hält ärr varrborrjan unterrar Mietze?« Usch soag am: »Niäxna wuschnja, eddle Härre, niäxna wuschnja. Niäxna, woss an eddle Härre interessiertschi.« Do grischni furka därr Jraf jebbet horrunt vum Pferdje, plustarrt säch uf wijn Truthohn än brischullat: »Woss wejßt donn du, woss an Härre interressierrat?« Än grappschat untarrars Kappja mietja intschi Kacka.«

Das gab ein Lachen, daß die Räuberhütte wackelte, doch als sie ausgelacht sich hatten, war da ein komisches Geräusch zu hören,

KNECHT *schnarchend* »Chchc.«

so daß die Alte weiterlachen mußte, damit die Räuber nicht den Knecht entdeckten.

KNECHT *schnarchend* »ChChc.«

ALTE *lachend* »Än grappschat untarrs Kappja.«

KNECHT *schnarchend* »Chchc.«

ALTE *lachend* »Mietja intschi Kacka.«

Die Räuber dachten, daß die Alte den Verstand verloren hätte, bis ihr die Luft wegblieb vor lauter Lachen.

KNECHT *schnarchend* »Chchcchchchch.«

RÄUBER »Horrja! Do äss ejnarr.«

ANDERER RÄUBER »Babutschka värrbirsky intschi Truhnka.«

Da setzte sich die Alte auf die Truhe.

ALS ALTE »Lootschja schloafa. Jetsch Mane gutschin. Lootschja schloafa.«

Die Räuber stießen sie herunter, öffneten den Deckel, starrten in die Truhe und zogen ihre Messer.

RÄUBER *mit gezücktem Messer* »Suldatt.«

ALTE »Mane gutschin.« *Hält zornig den Messerstecher zurück.* »Iemerra murrksa murrksa murrksa! Nijet gukkan, nijet priefan, nijet denkan!«

RÄUBER *der erneut zustechen will* »Dejn Grütschka futschjewitsch? Jetsch Mane vum Künnik! Jetsch Mane furrs Totanrejch!«

ALTE »Irrtumsk!! Furka Grienschnabbljelka! Bodschjana hoot jetsch Mane Briejew vum Künnik. Bodschjana Briejew vom Künnik furka werta fotsch murrksa murrksa murrksa!«

RÄUBER *den Schläfer abklopfend* »Briejew vom Künnik?«

Da zogen die Räuber dem Knecht einen Brief unterm Rock hervor, öffneten und lasen.

RÄUBER *brieflesend* »Därr Iebarrmittlar diesas Schreijbans ist vom Satan basässan. Laßt ihn sojleich verbrännan, wie es ejnam Tejfelsbrudar jebiert. Santa ninotschka!«

ALTE »Än woss passierat, wonn do tschriejewsk nuje Briejew?«

RÄUBER »Nuje Briejew? Wooss furr nuje Briejew, Babutschka?«

ALTE »Woss passierat, wonn do tschriejewsk: Därr Iebärmittlar diesas Schrejbans ist fier mejne Tochtar bestämmt. Laßt sie sojlejch värrhejraten, wie äss ejnam so prächtijan Kärrl und einar Künnikstochtar jebiehrrat. Wonn doss tschriejewsk, woss passierat do?«

RÄUBER *begeistert* »Babutschka! Dej suffat tri Tagga än tri Nuschnja, än Soldatti vum Künnik – wejt, wejt huntarrim Wuld!«

ANDERER RÄUBER »Tri Tagga Zappzerrappa! Tri Nuschnja Zappzarrappa! Do bejßt säch därr Künnik intschi sejn Orsch furr Gnatzig.«

Die Räuber lachten sich die Hucke voll und lärmten, bis der Knecht erwachte.

KNECHT *schlaftrunken aus der Truhe schauend* »Könnt ihr nicht ein bißchen leiser?«

RÄUBER »Jao jao jao jao, lejse jonz lejse. Schloafa mejn Künnikssohn, schloafa.«

Da schrieben sie den neuen Brief, und steckten ihn dem Knecht in seinen Rock zurück. Am nächsten Morgen gaben sie ihm gut zu essen und zu trinken und zeigten ihm den Weg zum Königsschloß.

KNECHT *singt* »Ich bin in einer Glückshaut geboren. Jaha Jihi Juhu. Wenn das so weitergeht, wird die Königstochter meine Frau. Jaha Jihi Ju–.«

Da sah er überm Laub der Bäume den höchsten Turm des Schloßes funkeln. An seinem Fenster saß die Königstochter und ihre Tränen fielen in den Schloßhof, denn bei ihr stand der mächtige und reiche Prinz von Lothringen. Den sollte sie zum Manne nehmen und mochte ihn doch gar nicht leiden.

PRINZ VON LOTHRINGEN »Sie weinen, meine Teuerste, vertrauen Sie mir Ihren Kummer. Warum weinen Sie?«

KÖNIGSTOCHTER »Ich habe geträumt, daß ich den zum Manne haben soll, der eine Eichenwurzel zerschlägt, aber ich will den Riesen nicht.«

PRINZ VON LOTHRINGEN »Den Riesen?«

Da sah der Prinz im Schloßhof einen Riesen, der schrie und wetterte, weil eine Eichenwurzel sich nicht spalten lassen wollte von seiner Axt.

PRINZ VON LOTHRINGEN »Noch hat sich Euer Traum nicht erfüllet, meine Teuerste.«

Frohlockte da der Prinz.

PRINZ VON LOTHRINGEN »Noch nicht.«

Und lief so schnell es ging die Wendeltreppe runter, daß er sich noch im Schloßhof drehte wie ein Kreisel, indes der Riese wie ein Irrer fluchend seine Axt in diese Wurzel schlug.

RIESE *schlagend, fluchend* »Himmelherrgottsarschgesicht Scheißkugelblitz Kotzteufelszwirn Sackhöllenpfurz Pestwolkenkuckucksdonnerkeil!«

In diesem Augenblicke kam durchs Tor ein Mann, der hatte Lappen an den Füßen, den Soldatenrock am Leib, und einen Strick am Hals, und ein Gesicht, das strahlte.

KNECHT »So lustig geht es zu im Königsschloß. Einer singt und schlägt den Takt dazu, damit der andere tanzen kann.«

Da rief der Prinz von Lothringen.

PRINZ VON LOTHRINGEN »Papperlapap. Hier wird kein Takt geschlagen und kein Tanz getanzt, hier wird eine Wurzel gespalten, und wenn das der Riese nicht schafft, dann schafft es der Prinz von Lothringen, damit sich der Traum erfüllt, den die Königstochter geträumt hat.«

Und er griff nach der Axt und brachte sie kein Zentimeterchen vom Boden hoch, so schwer war jenes Teufelsstück von Wurzel. Die Königstochter aber hörte auf zu weinen, weil ihr der fremde Mann gefiel, wie er so dastand und so lachte.

KNECHT »Ihr seid mir zwei Spaßvögel, wenns um den Traum der Königstochter geht, haut man doch anders zu.»

Er nahm die Axt und hob sie hoch mitsamt der Wurzel und ließ sie niedersausen, daß sie gewaltig auseinandersprang. Padamm! Die eine Hälfte rauschte übers Schloßgemäuer in den Graben. Platsch! Die andre Hälfte donnerte ans Tor des Schlosses – Rumms! daß es weit aufsprang. Und hätten sich der Riese und der Prinz nicht blitzschnell zu Boden geworfen – Boff! Plip – wer weiß, ob die noch am Leben wären? Da stürzten alle Schloßbewohner in den Hof. Allein die Königstochter blieb am Fenster und sah den Knecht und sah, wie er der Königin einen Brief gab, und hörte wie er sprach.

KNECHT »Ich bringe diesen Brief vom König.«
Und hörte wie die Königin ihn las.
KÖNIGIN »Der Übermittler dieses Schreibens ist für meine Tochter bestimmt. Laßt sie sogleich verheiraten, wie es einem so prächtigen Kerl und einer Königstochter gebührt.«
Da wurden zwei Menschen rot wie Feuer. Der erste wurde rot vor Zorn. Das war der Prinz von Lothringen, der ritt am selben Tag nach Lothringen zurück.
PRINZ VON LOTHRINGEN »Mich packt Verzweiflung, foltert Spott.«
Der zweite wurde rot vor Glück. Das war des Königs Tochter. Ihr schlug das Herz, daß einem bange war, es könnte auch zerspringen wie die Eichenwurzel. Vor lauter Freude wußte sie nicht mehr wohin.
KÖNIGSTOCHTER »Was für ein schöner lustiger Mann.«
Die Königin befahl.
KÖNIGIN »Geht, sucht die Königstochter, daß sie kennenlernt, wem sie zur Frau soll werden.«
Da suchten sie des Königs Tochter und konnten sie im ganzen Schloß nicht finden. Weil sie so ganz und gar verwirrt vor Glück so leicht sich fühlte, war sie durchs Hinterfenster aus dem Turm geschwirrt.
KÖNIGSTOCHTER »Was für ein schöner lustiger Mann.«
Und wie ein Falter in den Schloßgraben geflattert und konnte doch gar nicht schwimmen.
KÖNIGSTOCHTER »Was für ein schöner lustiger Mann.«
Zum Glück kam eine halbe Wurzel angeschwommen, die nahm sie auf in ihre Arme.
KÖNIGSTOCHTER »Was für ein schöner lustiger Mann.«

Und als der Knecht dem Riesen sein Wurzelwerk zusammensuchte, das er verschludert hatte, schwamm ihm die letzte Hälfte schon im Abendlicht entgegen, darauf ritt ein triefnasses Mädchen, das war so schön und hatte so glühende Wangen, daß ihn die Liebe packte, und daß die Sonn das Untergehn vergaß.

Zum Hochzeitsfeste fuhrn drei Räuber auf einem Wagen voll stinkendem Mist, und als sie an das Schloßtor kamen, erzählten sie den Wächtern.

RÄUBER »Wirr sänd drej Zoubrar ous dem Morjenlond. Wirr bringan Mäst zum Hochzejtsfäst, dem wärrdan wirr zu Jold värzoubarn.«

WÄCHTER »Da setzen wir noch einen Haufen drauf und haben nachher auch ein Klümpchen Gold.«

RÄUBER »Jeschwind, jeschwind, macht ejar Häjfchan, ihr sejd mät diesam Ejnfall nächt dej ärrstan.«

So fuhren die Räuber ihren Mist ins Schloß, wo schon die Hochzeitsgeigen jauchzten und die Gläser klangen, und jeder aß und trank für drei. Nur Knecht und Königstochter tanzten aus der Reihe, die hatten sich und brauchten keinen Wein. Die küßten sich und streichelten einander, das Haar, den Hals, die Brust.

KÖNIGSTOCHTER »Was du kannst, das konnte der Prinz von Lothringen nicht. Der hat mir nur die Hand geküßt mit seinem feuchten Ziegenbart.«

KNECHT *der ihre Hand küßt* »Die Hand geküßt?«

KÖNIGSTOCHTER *die dem Knecht in höfischer Manier die Hand küsst* »Nicht so, ich zeig es dir.«

Inzwischen tobte durch das Schloß der Hochzeitstanz. Voran der Hofkaplan, die Königin und all die Grafen, Prinzen, Fürsten und Herzöge mit ihren Frau Gemahlinnen.

HOFKAPLAN
»Lob sei dir in der Höh, Lob, Preis und Ehre,
ewig und immerdar, mächtiger Gott.«
KÖNIGIN
»War damals grad so jung, als er mich freite.
Was hält ihn fort von hier, warum die Eil?«
PRINZ
»Wie soll das weitergehn, wie soll das enden?
Sie ist ein Königskind, er ist ein Nichts.«
PRINZESSIN
»Alles ist gottgewollt, alles ist Rätsel,
wir unterliegen all höhrem Prinzip.«
HERZOG
»Vielleicht gelingt es uns, daß dieser Tölpel
nach unsrer Pfeife tanzt, wär excellent.«
HERZOGIN
»Mir ist so weh ums Herz, fernab in Cornwall,
wartet ein edles Pferd, wartet auf mich.«
FÜRST
»Austern und Hummerschwänze, Seezungenröllchen,
Trüffel in Beaujolais, zarter Kapaun.«
FÜRSTIN
»Saht ihr die Herzogin? Welche Gardrobe!
Seht Ihr Oberteil, war nit Natur.«
GRAF
»Zwölftausenddrei und Viertausendfeifhundert
macht Sechzehntausend und Feifhundertdrei.«
GRÄFIN
»Ach, wie die Jugendzeit hurtig entschwindet.
Weißt noch wie wir damals –? Sist längst vorbei.«
FREIHERR
»Wirr ist die Politik, wirr ist das Leben,
Klarheit schafft lediglich Treue zum Kampf.«

FREIFRAU

»Ich bin so unglücklich, liebe das Leben,
hasse das Hofgeschwätz, bin so allein.«

BARON

»Lothringen schäumt vor Wut, Sachsen schöpft Hoffnung,
was es Burgunden nützt, kann ich nicht sehn.«

BARONESSE

»Bin raffiniert geschnürt, stink wie ein Veilchen,
lach wie ein Honigpferd, beißt keiner an.«

MARQUIS

»Heute wird durchgemacht, heute wirds lustig,
heute da rauscht es grandios im Karton.«

MARQUISE

»Furcht, daß mein Haar heut nicht richtig drappieret,
Furcht, daß mein Miederband urplötzlich reißt.«

GENERAL

»Lilarum Löffelstiel, Gott, ist mir übel,
Lilarum Löffelstiel, hei, gehts mir gut!«

So tanzten sie durchs Schloß und auch zu jenem Ort, an dem die königliche Braut die derben Bauernhände küßte, was die Comtesse von Flandrien entsetzte.

COMTESSE

»Wie ich die Welt beseh, packt mich Entsetzen!
geht aus den Fugen, wohin ich auch schau.«

Und auch Prinz Alfons konnte es nicht fassen.

PRINZ

»Sie ist ein Königskind, er nur ein Bauer!
geht in die Knie vor ihm, welch ein Skandal!«

Da gab es plötzlich ein Geschrei und alle stürzten in den Krönungssaal. Dort hatten Zaubrer aus dem Morgenlande schon manches goldne Becherchen in Luft verzaubert und manchen goldnen Leuchter auch. Und niemand hatte was gemerkt, weil auf dem Thron des Königs ein gewaltig schönes Feuer brannte, das hatten die drei Zauberer dort hingezaubert, die Hochzeitsgäste zu ergötzen. Die kamen nun vom Tanz erhitzt in hellen Scharen. Das Bild aus Gold und Feuer heizte ihnen ein, sie schrieen.

HOCHZEITSGÄSTE »Wie wunderbar. Welch imposantes Schauspiel.«

»Ein König mit zuckender Flammenkrone. Jedoch entschieden zu heiß, meine Liebe. Macht alle Fenster auf!«

»Nein, macht die Fenster zu! Es stinkt! Zum Gotteserbarmen! Als hätt der Teufel in den Hof geschissen!«

»Tatsächlich liegt im Hofe mit Verlaub ein Haufen Scheiße!«

»Sagt, was geht hier vor? Was hat das zu bedeuten?«

Da sprangen Zaubrer durch die Flammen auf den Thron und brannten nicht zu Asche, sondern riefen.

RÄUBER »Värrzejt, liebrejche Douman, värrzejt uns hechstjeschätzte Härrn! Därr Houfan Mäst äm Houf äss unsarr Broutprräsänt. Wirr sänt drej Zoubrar ous dem Morjenlond und wärrdan um Mätternacht dem Mäst zu Jold värrzoubarn, äss jefällich. Und wejms zu heiß äss, soll äss mochan wie äm Morjenlonde und dej Jewändarr follan lossan. Därr Mänsch vun sulcham Fejarr anjelejchtat siehjt doch am schennstan ous wij Jott ihm schouf!«

Da machten die erhitzten Hochzeitsgäste mit viel Gekicher und Getu sich freier und ließen ihre Goldgewänder fallen, die wurden von den Zaubrern schnell beiseit geräumt.

HOCHZEITSGÄSTE *kichernd sich entkleidend* »Hoho!

Das will ein Festchen werden wie es mir gefällt. Nach Gaumenfreuden folgt der Augenschmaus. Wie Gott uns schuf.«

»O, seht nur, was die Flammen für schöne Bilder malen auf ihrem schönen Leib, Comtessa!«

»Ach, finden Sie?«

»Gelobtes Morgenland! Ich fühle mich so leicht, so frei. So losgelöst von aller Sitten Fesseln.«

»Oh, Sinnenfreuden, Euer Nam heißt Morgenland. Ach, Gott, der Wein, das Feuer, diese Glut!«

Es wurde Mitternacht. Die Zauberer sprangen in den Schloßhof, die Hochzeitsgäste drängten zu den Fenstern. Schon funkelte und blitzte was im Hof, und die betrunknen Gäste kreischten.

HOCHZEITSGÄSTE »Aus Scheiße Gold! Die lad ich mir auch auf mein Schloß! Die Drei.«

»Aus Scheiße Gold! Juchhe!«

Da hörte man Fanfaren schmettern. Die Tür sprang auf.

HEROLD »Der König ist zurück!«

Und nackte Hochzeitsgäste flohn in Panik, indes der König in den Festsaal trat.

KÖNIG »Was geht hier vor? Da sitzen Drei auf einem Bauernkarren und sehen aus wie Könige. Da liegt ein stinkender Haufen im Schloßhof und Nackte springen durch den Krönungssaal. Was ist hier geschehen?«

Da trat ihm seine Frau, die Königin entgegen.

KÖNIGIN »Alles ist geschehen nach Euerm Willen.«

KÖNIG »Habt ihr den Lump auf meinem Thron verbrannt?«

KÖNIGIN händigt den Brief aus »Wovon sprecht Ihr, mein Gemahl. Hier ist der Brief.«

KÖNIG *lesend* »Verheiraten? Der Brief ist falsch!«

Da sprang die Königstochter ihrem Vater in die Arme.

KÖNIGSTOCHTER »O, Vater, ich dank Euch! Für den besten und liebsten Mann auf der Welt. Wie habt Ihr nur wissen können, daß ich ihn so lieb haben werde?«

Da sah der König den Knecht. Da zog der König sein Schwert und schlug in rasender Wut. Der Knecht wich aus. Das Fenster hinter ihm zersplitterte. Und nichts hielt mehr die Wucht des Schlages auf. Sein Schwert riß ihn ins Leere, in die Tiefe. Der König fiel und landete im Mist, sehr weich und wär doch lieber zersplittert vor Wut wie das Fenster.

KÖNIG »In Ketten mit dem falschen Königssohn! Legt ihn in Ketten! Werft ihn in den Turm!«

Da fielen des Königs Soldaten ein drittes Mal über den Knecht her *Schreie und Schläge.* und hatten große Mühe mit ihm *Schreie und Schläge.* und legten endlich ihn in Ketten und warfen ihn ins Turmverließ, wohin noch nie ein Sonnenstrahl gedrungen war. Im Badehaus spülten die Diener den Stallmist vom Körper des Königs und rieben die Glieder, den Rükken, den Bauch mit duftenden Salben ihm ein. Prälat und Minister salbten dem König die Ohren.

MINISTER »Was ist zu tun in dieser teuflischen, verzwickten Lage?«

PRÄLAT »Eure Tochter ist krank im Gemüte. »Wenn nicht mein Liebster freikommt«, stöhnt sie, »will ich nicht leben.« Verbrennen wir also diesen Satansknecht, verlieren wir Eure einzige Tochter.«

MINISTER »Verbrennen wir ihn aber nicht, verlieren wir das Reich an diesen Lumpen. Und beides darf nicht sein.«

PRÄLAT »Drum gebt ihn frei und schickt ihn in die

Hölle, daß er Euch drei goldne Haar vom Kopf des Teufels rupfe.«

MINISTER »Dann wird der Teufel ihn verschlingen, und wir – wir können Satan fluchen und eure Tochter trösten, gewinnen sie und auch das Reich zurück.«

Der Leib des Königs hatte ausgestunken. Er duftete und seine Seele schöpfte neuen Mut.

KÖNIG »Zum Teufel mit dem Bauernschwengel! Ja. So sei es!«

PRÄLAT »Daß sich die Bösen selbst vernichten, ist wohl noch immer schönste Politik!«

Da tritt die Königstochter bleich und krank ins Badehaus zu aller Schrecken.

KÖNIGSTOCHTER »Du hast ihn mir gegeben. Weiß nicht warum.
Lieb ihn mehr als mein Leben. Weiß nicht warum.
Du hast ihn mir genommen. Weiß nicht warum.
Muß darum ganz verkommen.«

KÖNIG »Nicht doch, liebe Tochter, du sollst ihn wiederhaben. Holt ihn aus dem Turm.«

So holten sie den Knecht aus dem Gefängnis.

KNECHT *leise singend* »Ich bin in einer Glückshaut geboren. Wenn das so weitergeht, bleibt noch die Königstocher meine Frau.«

KÖNIG »Da hast du ihn. Ich will nur, daß er würdig ist, mein Kind zu haben und mein Reich zu erben. Drum soll er mir drei goldne Haar vom Kopf des Teufels bringen. Gelingt ihm das, ist er der neue König.«

KÖNIGSTOCHTER *erschrocken* »Vom Kopf des Teufels? Vater, nein!«

Da streichelte der Knecht die Königstochter.

KNECHT »Hab keine Angst. Wenn einer mit solchen

fertig wird wie Räuber, Soldat und König, kanns mit dem Teufel auch nicht so krumm laufen. Drei goldene Haare. Die wiegen soviel wie drei Federn vom Gänsearsch. Das ist wie nichts.«

KÖNIGSTOCHTER *lachend* »Kaum hast du mich berührt, bin ich gesund. Ich gehe mit dir.«

Der König wurde bleich und packte seine Tochter.

KÖNIG »Nein, Kind, du bleibst. Hinaus mit ihm!«

Und die Soldaten trieben den Knecht zum Schloß hinaus. Der rief der Königstochter zu.

KNECHT »Die Höll ist nicht für dich gemacht. Ich fliege wie ein Pfeil dorthin. Und grad so schnell bin ich zurück und wieder bei dir. Und dann behalt ich dich für immer.«

Der Knecht zog fort. Dem König fiel ein Stein vom Herzen und seine Tochter sah dem Liebsten nach, bis ihn der Horizont verschluckte. Da sprach der König.

KÖNIG »Leg dich schlafen, Tochter, und wachst du auf, ist er vielleicht zurück.«

Da legte sich die Königstochter schlafen.

KÖNIGSTOCHTER *schlafend* »Hat denn der Teufel goldene Haare?«

KÖNIG »Um den Wirbel herum sind sie golden bei ihm.«

KÖNIGSTOCHTER »Liegt nicht die Hölle am Ende der Welt? Weit hinterm Atlasberg?«

MINISTER »Im Rheintal liegt sie. Nur einen Katzensprung weit hinterm Schloß.«

KÖNIGSTOCHTER »Verschlingt nicht der Teufel jeden, der ihm zu nahe kommt?«

PRÄLAT »Jeden, der Mut hat, beschenkt er mit Gold.«

Der Knecht zog durch das ganze Land zur Hölle, und der Prälat und der Minister folgten ihm in einer goldenen Kutsche des Königs und sahen sich das Schauspiel aus der Ferne an und sahen, wie der Knecht mit Müdigkeit und Durst und Hunger kämpfte und immer weiterzog und humpelte mit wunden Füßen hin zur Hölle.

PRÄLAT *schmausend durch ein Fernrohr blickend* »Er hat schon Satans Hinkefuß.«

MINISTER *lachend schmausend durch ein Fernrohr blickend* »Köstlich.«

Sie sahn auf einem Berg an einem Brunnen eine Magd, die sang ein Lied.

MAGD

»Da steht ein Brunnen hinterm Tor,
draus quoll der schönste Wein hervor.
Und als ein heißer Sommer kam daher,
da ist der Brunnen ausgedörrt und leer,
da fließt kein Wein und auch kein Tropfen Wasser mehr.«

Der Knecht ging zu ihr an den Brunnen. Da fuhr die Magd herum und drückte ihm eine Sichel an den Hals.

MAGD »Du bist meine Rettung, Brunnen auf zwei Beinen. Fahr ich hinein, fließt roter Wein.«

KNECHT »Tus nicht. Der Brunnen fließt nicht lang. Ich bin auf dem Weg zur Hölle. Da werd ich den Teufel fragen, warum dein Brunnen keinen Wein mehr gibt.«

MAGD »Wenn du zurückkommst und weißt es nicht, zapf ich dich an.«

KNECHT »Dein Wein wird golden sein und länger fließen als mein Blut.«

MAGD »Wers glaubt, wird selig.«

Der Knecht zog weiter hin zur Hölle. Da hörte er in einem Tal ein Lied.

BAUER »Da steht ein Baum in einem Tal,
der hatte goldne Früchte ohne Zahl.
Und als ein böser Wind an ihm gerüttelt hat,
da ist der Baum verdorrt und kahl und matt,
da trägt er Früchte nicht und nicht ein grünes
Blatt.«

Und wie er näherkam, da fand er einen Bauern unter einem verdorrten Baume sitzen, der fuhr herum und hielt ihm seine Mistgabel vors Gesicht.

BAUER »Du bist meine Rettung, Baum mit zwei Ästen. Stech ich zu, hab ich einen schönen Apfel auf der Gabel.«

KNECHT »Tus nicht. Ein Apfel ist zu wenig. Ich bin auf dem Weg in die Hölle. Da werd ich den Teufel fragen, warum dein Baum keine Äpfel mehr trägt. Warts ab.«

BAUER »Ich werde warten.«

Durchs goldne Kutschenfenster sahen der Prälat und der Minister den Knecht sich weiterschleppen, bis er erschöpft zusammenbrach vor Durst und Hunger.

PRÄLAT *schmausend durch ein Fernrohr blickend* »Oh, heilger Benedikt, das sah ich kommen. Er hatt schon lange nichts zu fressen und zu saufen.«

MINISTER *schmausend durchs Fernrohr blickend* »Wär schade, wenn der Kerl uns jetzt krepierte.«

PRÄLAT »Sein Tod betröge uns um einen wahren Christenspaß, daß nämlich dieser Teufelsknecht sich mit dem Teufel selber in die Haare geriete.«

MINISTER »Es stinkt bereits nach Pech und Schwefel. Es kann nicht mehr so weit zur Hölle sein.«

Da hörte der Knecht das Rauschen eines Flusses, und mit den letzten Kräften kroch er an sein Ufer und trank sein kühles Wasser. Und von dem andern Ufer scholl ein Lied herüber.

FÄHRMANN

»Da stand ein Fährmann hinterm Fluß
in Schwefel, Pech und Höllenruß,
und ruft ein Mensch, muß er hinüberfahren
und rudert schon seit vielen tausend Jahren
und hat das Leben nie erfahren.«

KNECHT »Fährmann, hol über!«

Der Fährmann ruderte heran.

FÄHRMANN »Wo wollt Ihr hin?«

KNECHT »Zum Teufel.«

FÄHRMANN »So fragt den Teufel, weil Gott mirs nicht sagt, warum ich ruder seit ich denken kann, und keiner kommt, mich abzulösen.«

KNECHT »Ich will ihn fragen.«

FÄHRMANN »Doch seine Antwort werd ich niemals hören, denn niemals hab ich einen zurückgerudert.«

KNECHT »Ich will der erste sein. Ich hab ein Mädchen, das ist so, daß ich es wiedersehen muß.«

Gleich hinterm Flusse war das Tor zur Hölle. Es war so schwarz darin wie tausend Nächte. Doch plötzlich flackerte ein Schein. Auf ihrem Höllenthrone saß die Großmutter des Teufels.

TEUFELS GROSSMUTTER »Ist da einer?«

KNECHT »Ja, hier ist einer.«

Da sah sie ihn und wußte, wer er war und reckte sich und wuchs, und schwarze Haare quollen unter ihrem Tuch hervor. Sie wurde tausend Jahre jünger und war am Ende eine wunderschöne Frau.

TEUFELS GROSSMUTTER *verführerisch jung* »Wer bist du, schöner Fremder? Was suchst du an diesem Ort?«

KNECHT *stotternd* »Ich bin ein Bauernknecht und will drei goldne Haar vom Kopf des Teufels.«

TEUFELS GROSSMUTTER *verführerisch jung* »Was willst du, Haar vom Kopf des Teufels? Sind deine nicht golden genug, sind deine nicht tausend mal schöner?«

KNECHT »Bring ich dem König die Teufelshaar nicht, kann ich die Königstochter nicht zur Frau behalten.«

TEUFELS GROSSMUTTER *verführerisch jung* »So liebst du sie?«

KNECHT »Ja.«

TEUFELS GROSSMUTTER *verführerisch jung* »Drei goldne Haar vom Kopf des Teufels. Das ist viel verlangt. Wenn der Teufel heimkommt und findet dich hier, gehts dir an den Kragen. Es wäre schade um einen so schönen jungen Bauersmann. Eh so einen der Teufel verschlingt, will ich ihm lieber zur Hilf sein, weil seine Krawatt mir gefällt.«

KNECHT »Ich will noch etwas.«

TEUFELS GROSSMUTTER *verführerisch jung* »Noch etwas? Komm näher zu mir. Sprich leise, damit der Teufel dich nicht hört, wenn er heimkommt. Was willst du denn noch, lieber Bauersmann?«

KNECHT. »Will wissen, warum ein Brunnen –.«

TEUFELS GROSSMUTTER *verführerisch jung* »Pssst. Sag es mir ins Ohr.«

Da trat der Knecht ganz nah an sie heran und strich ihr Haar beiseite und flüsterte die Fragen ihr ins Ohr.

KNECHT *flüsternd* »Warum ist der Baum verdorrt? Warum ist der Brunnen versiegt? Warum löst keiner den Fährmann ab?«

TEUFELS GROSSMUTTER *verführerisch jung* »Das sind schwere Fragen. Gib acht, was der Teufel sagt, wenn ich ihm die Haar ausrupf. Sie schaute lange auf den Knecht und sprach drei Worte.«

TEUFELS GROSSMUTTER *verführerisch jung* »Da kommt er.«

Und seine Hände krallten sich in ihren Rock, und wie von Ferne hörte er sie sagen.

TEUFELS GROSSMUTTER *ihre Röcke hebend, verführerisch* »Komm, mach dich klein, mein lieber Bauersmann. Komm, mach dich klein.«

Sie schlug ihre Röcke über den Knecht und wurde wieder steinalt. Da polterte der Teufel in die Hölle.

TEUFEL »Ei, Alte, wie? Mit wem hast das Schwatzen?«

TEUFELS GROSSMUTTER »Mit wem soll ich hier schwatzen in diesem verlassenen Loch? Mit meiner Nas. Sie meint, sie hätt schon heut Geburtstag, weil sie schon einen Tag vor mir in die Welt geschaut hat.«

TEUFEL »Ich rieche rieche Menschenfleisch.«

TEUFELS GROSSMUTTER »Au! Geht das wieder an.«

TEUFEL »Hier ist was nicht richtig. Ich rieche rieche Menschenfleisch.«

TEUFELS GROSSMUTTER »Grad hab ich sauber gemacht und aufgeräumt, und alles steht in guter Ordnung, da kommst du und schmeißt mir alles von unterst zu oberst. Immer wenn du Schnupfen hast, hast Menschenfleisch in der Nas. Komm und erzähl mir lieber von den Menschen.«

TEUFEL »Menschengeschichten. Bah! Ist immer dasselbe.«

TEUFELS GROSSMUTTER »Dann leg dich hierhin. Da kann ich dir den Kopf lausen, daß der Schlaf leichter kommt.«

Da legte der Teufel seinen Kopf in den Schoß seiner Großmutter, und die begann ihn zu lausen und sang ihm ein Wiegenlied, daß er bald einschlief.

TEUFELS GROSSMUTTER *lausend*
»Schlaf, schlaf Teufel, schlafe.
Am Himmel fliegen drei Schafe.
Sie wiegen sich lustig in Sonne und Wind.
Die Schaf auf der Erde im Schatten sind.
Schlaf, schlaf Teufel, schlafe.«

Da zog des Teufels Großmutter dem Teufel das erste Goldhaar aus.

TEUFEL »Autsch! was soll das?«

TEUFELS GROSSMUTTER »Potzangst, hatt ich einen Traum! Da griff ich aus Furcht in dein Haar.«

TEUFEL. *neugierig* »Was hast dann geträumt?«

TEUFELS GROSSMUTTER »Da war ein Brunnen hinter einem Tor, aus dem sonst goldener Wein floß, da will jetzt nicht mal mehr Wasser vorquellen.«

TEUFEL *unbändig lachend* »He, wenn sies wüßten! Eine Kröte sitzt am Grund und säuft alles weg. Wenn sie die nicht bald fangen, versiegt der Brunnen ganz. Sie solln die Kröte erschlagen, dann wird der Wein schon wieder fließen.«

TEUFELS GROSSMUTTER »Ei, so ist das.«

Da lauste des Teufels Großmutter dem Teufel den Kopf, und sang ihm ein Wiegenlied, bis er wieder einschlief und schnarchte, daß die Hölle zitterte.

ALS TEUFELS GROSSMUTTER
Schlaf, schlaf Teufel, schlafe,
am Himmel segeln drei Schafe.
So hoch bis sie dicht bei der Sonne sind.
Da hat die Sonne sie angezündt.
Schlaf, schlaf Teufel, schlafe.

Da zog sie dem Teufel das zweite Goldhaar aus.

TEUFEL »Hu, was machst du?«

TEUFELS GROSSMUTTER »Nimms nicht übel, ich tats all wieder im Traum.«

TEUFEL »Was hast dann all wieder geträumt?«

TEUFELS GROSSMUTTER »Da war ein Baum in einem Tal, der sonst goldene Früchte trug, der wollt nicht mal mehr Blätter hervortreiben.«

TEUFEL *unbändig lachend* »He, wenn sies wüßten! Eine Maus nagt an den Wurzeln des Baumes. Wenn sie die nicht bald fangen, so wird der ganze Baum verdorren. Sie solln die Maus erschlagen, dann wird der Baum schon wieder Früchte tragen.«

TEUFELS GROSSMUTTER »Ei, so ist das.«

Da lauste des Teufels Großmutter dem Teufel den Kopf, und sang ihm ein Wiegenlied, bis er wieder einschlief und schnarchte, daß die Hölle zitterte.

TEUFELS GROSSMUTTER

»Schlaf, schlaf Teufel, schlafe.
Am Himmel brennen drei Schafe.
Sie brennen, bis sie zu Asche verwehn,
bis alle Schafe die Sonne sehn.
Schlaf, schlaf Teufel, schlafe.«

Da zog des Teufels Großmutter dem Teufel das dritte Goldhaar aus.

TEUFEL »Himmelarschundzwirn!«

TEUFELS GROSSMUTTER »Wer kann für böse Träume?«

TEUFEL »Ach, deine neunmal verfluchten Träume. Das nächste Mal hau ich dir eine Ohrfeig. Was hast dann all wieder geträumt?«

TEUFELS GROSSMUTTER »Da war ein Fährmann, der all seine Tage über den Fluß hin- und herfahren mußt, und niemand wollt ihn ablösen.«

TEUFEL *unbändig lachend* »He, der Dilldapp! Wenn der nächste kommt und überfahren will, muß er dem die Ruderstang in die Hand drücken. Dann muß der überfahren, und der Fährmann ist frei.«

TEUFELS GROSSMUTTER »Ei, so ist das. Aber nun leg dich hintern Ofen. Hab keine Lust auf eine Ohrfeig wegen eines Traums.«

Da legte sich der Teufel knurrend hintern Ofen und schnarchte bald wieder, daß die Hölle zitterte, und des Teufels Großmutter wurde wieder jung und schön und sprach zu dem Gast unter ihren Röcken.

TEUFELS GROSSMUTTER *verführerisch jung* »Schläfst auch schon? Oder ists gar so schön da?«

Und sie hob ihre Röcke auf, und der Knecht kroch vor, und als er den Teufel am Ofen liegen sah, war er vor Angst wie gelähmt.

TEUFELS GROSSMUTTER *verführerisch jung* »Hier hast du deine drei Teufelshaare.«

Da nahm der Knecht seinen Mut zusammen und richtete sich auf.

TEUFELS GROSSMUTTER *verführerisch jung* »Hast alles verstanden, mein schöner Bauersmann?« *Nickt als Knecht. Flüstert als verführerisches Weib.* »So ist dir gehofen. Du kannst deiner Wege ziehn und die Königstochter behalten. Bist nun zufrieden?«

Der Knecht nickte und wollte die schöne Höllenfürstin umarmen, doch die schüttelte den Kopf, daß ihre Haare rauschten. Schschsch.

TEUFELS GROSSMUTTER *verführerisch jung* »Geh jetzt. Von sowas wird der Teufel wach. Hier hast noch was für den Weg.«

Und sie gab dem Knecht einen Beutel voll Gold. Da wollte er sie noch einmal umarmen, und wieder schüttelte sie den Kopf, daß ihre Haare rauschschschten.

TEUFELS GROSSMUTTER *verführerisch jung* »Du sollst jetzt gehen.«

Da ging der Knecht rückwärts aus der Hölle, weil er

den Blick nicht lassen konnte von dieser schönen Frau. Als er aus der Hölle trat, sprangen zwei fette Frösche in den Uferschlamm und wollten sich vor ihm verstecken. Sie sahen aus wie der Prälat und der Minister.

KNECHT »Ei, was macht ihr hier? Wollt ihr Fliegen fangen?«

MINISTER »Wir waren –«

PRÄLAT »Wir hatten –«

MINISTER »Wir sind dir gefolgt, alldieweil wir dem König versprachen, dich heil und gesund zurückzugeleiten.«

PRÄLAT »Wie leicht könnt Euch etwas passieren mit goldenen Haaren im Gepäck.«

MINISTER »Wie wars denn beim Teufel?«

KNECHT »Der Teufel ist ein lustiger Geselle. Reißt du ihm nur drei Haar vom Kopf, weiß er sich vor Vergnügen nicht zu lassen und schenkt dir noch ein Säckchen Gold. Schaut hier.«

Der Knecht hielt seinen Goldsack hoch. Die zwei im Schlamme schnappten so begierig, daß sie der Goldsack aus dem Sumpfe zog. Tschlopp.

MINISTER *aus dem Sumpf auftauchend* »Und ihr glaubt gewiß, daß das der Teufel war?«

KNECHT »Das war er. Jetzt liegt er hinterm Ofen und schnarcht und träumt davon, daß wieder einer kommt und ihm drei Haare ausrupft, damit er ihn beschenken kann.«

PRÄLAT »Der Teufel ist das gewiß nicht. Aber ein warmer Ofen könnte jetzt nicht schaden.«

MINISTER »Da schaun wir uns doch seinen Teufel einmal an.«

Minister und Prälat verschwanden in der Hölle. Der Knecht ließ sich vom Fährmann rudern übern Fluß.

FÄHRMANN »Du bist der erste, den ich zurückruder. Erzähl, was hat dir der Teufel gesagt?«

KNECHT »Wenn der nächste kommt und überfahren will, mußt du dem die Ruderstange in die Hand drücken. Dann muß der überfahren, und du bist frei.«

Da stieg der Knecht in die goldene Königskutsche, die leer am Ufer stand, und fuhr darin zum Tal zurück. Da saß der Bauer unter seinem dörren Baum und sang.

BAUER, *der sich die Gabel an den Hals setzt*

»Und läßt der Teufel ihn nicht ziehn,
und wird mein Baum nicht wieder grün,
hilft meine Gabel mir zum letzten Mal,
treibt meine Gabel Elend, Not und Qual
für alle Ewigkeit aus diesem Jammertal.«

Da sprang der Knecht aus seiner Kutsche.

KNECHT »Was für ein trauriges Lied. Hör, was der Teufel zu sagen weiß. Eine Maus nagt an den Wurzeln des Baumes. Du mußt sie erschlagen, dann wird der Baum wieder Früchte tragen.«

BAUER »Eine Maus? Erschlagen?«

KNECHT, *der ein Goldstück vorholt und es als Köder auslegt* »Und dieser goldne Käs soll sie herbeilokken.«

BAUER *der seine Mistgabel schwingt* »Und diese goldnen Zinken hau ich der Maus übern Datz.«

Da legten sie das Goldstück unter den Baum und legten sich auf die Lauer. Sie hatten noch nicht lang gewartet, da steckte eine Maus den Kopf aus einem Erdloch und schnupperte und roch das Goldstück und pirschte sich heran und packte es und wollt es in sein Erdloch zerren.

BAUER *der seine Gabel auf die Maus schlägt* »Das

kleine Vieh, das zeterte und schrie und tobte bis es am Ende Ruhe gab.«

KNECHT »Das hast du gut gemacht. Steig ein in meine Kutsche.«

BAUER »Die Kutsche kenn ich doch. Sind nicht zwei vom König darin gefahren?«

KNECHT »Die sind noch beim Teufel zu Besuch, und die Kutschpferde brauchen Bewegung. Steig ein. Wir müssen noch eins erschlagen.«

BAUER »Noch eins?«

Da stiegen Knecht und Bauer in die Kutsche und waren bald am Berg, auf dem die Magd an ihrem Brunnen saß und sang.

MAGD *die die Sichel an ihren Hals gesetzt hat*

»Und gibt die Hölle ihn nicht her,
und ist der Brunnen noch so leer,
weiß ich doch einen lieben Bräutigam,
der mich von aller Not befreien kann,
der ist sehr bleich und hat ein schwarzes Röcklein an.«

Da sprangen Knecht und Bauer aus der Kutsche.

KNECHT »Was für ein trauriges Lied, wenn man doch Wein trinken kann. Hör, was der Teufel zu sagen weiß. Eine Kröte sitzt am Grunde des Brunnens und säuft alles weg. Du muß die Kröte erschlagen, dann wird der Wein schon wieder fließen.«

MAGD »Eine Kröte? Das soll ich glauben?«

KNECHT *der ein Goldstück als Köder auslegt* »Dieser goldene Tropfen soll sie herbeilocken.«

Sie legten sich am Brunnen auf die Lauer. Es wurde finstre Nacht. Da hörten sie ein Tapsen und ein Murmeln. Der Bauer holte aus mit seiner Forke, und hätt der Knecht ihn nicht im letzten Augenblick zurückgehalten, so hätte der Bauer am Ende noch den König erschlagen. Der hatte in der dunklen Nacht von fern was funkeln sehen und hielt das Goldstück nun in seiner Hand.

KÖNIG »Wer ist da, und was treibt man da im Dunkeln?«

Da zeigten sich die drei. Der König sah den Knecht.

KÖNIG *erschrocken* »Was drückst du dich herum mit dem Gesindel, statt deine Aufgabe zu erfüllen?«

KNECHT *der dem König die drei Haare reicht* »Die Aufgabe ist erfüllt. Hier sind die goldnen Haare vom Kopf des Teufels.«

Der König wurde bleich.

KÖNIG »Vom Kopf des Teufels? Wie wollt Ihr das beweisen?«

KNECHT »Schaut nach, sie fehlen ihm jetzt.«

KÖNIG »Und wie kommt Ihr zu diesem Goldstück?«

KNECHT »Es funkelt so schön im Mondenschein.«

KÖNIG »Gold gehört in die Hand des Königs! Wo habt Ihr das her?«

KNECHT »Es liegt hinterm Fluß. Es liegt dort statt des Sands am Ufer.«

KÖNIG »Ist das gelogen, sollst du grausam sterben.«

KNECHT »Es ist vom andern Ufer, aber sagt, wie geht es Eurer Tochter?«

KÖNIG »Noch ist die Richtigkeit der Haare nicht bewiesen.«

Der König ging und ließ zur selben Nacht die Pferde satteln, so gierig war er auf das Gold vom andern Ufer. Der Knecht aber legte ein weiteres Goldstück auf den Brunnenrand. Da hörten sie vom Grund des Brunnens ein Rumoren. Und eine Kröte wie ein Fuder Heu so riesig mit gräßlich kohlkopfdicken Warzen kroch aus dem Brunnen, streckte ihre Zunge nach dem Gold, die war so dick wie der Prälat in Nabelhöhe und war so lang wie eine Wagendeichsel und schwupp! hatt sie das Gold verschlungen. Der Bauer lief vor Schreck davon. Da nahm der Knecht des Bauern Gabel und schleuderte sie auf das Monstrum. Zosch! Und auch die Magd sprang vor und hieb die Sichel in die Warzenhaut. Ziff. Und aus den Wunden spritzte goldner Wein. Fschsch! Und immer wieder stieß der Knecht die Gabel in das Ungeheuer und immer wieder schlug die Magd mit ihrer Sichel zu. Und endlich starb das Ungetüm.

KRÖTE *röchelnd* »Krchkrchpfschsch!«

Und Wein floß aus ihr aus und in den Brunnen, alle tranken und machten einen solchen Freudenlärm, daß auch der letzte Schläfer aus dem Bette fiel und hin zum Brunnen lief, und auch die Räuber aus dem großen dunkeln Walde kamen.

RÄUBER »Wärr dem Tejfel nächt firrchtat, konn ihm dej Hoar ousrupfan und dej jonze Wält jewännan.«

Und auch der Fährmann kam.

FÄHRMANN »Der König hat mich abgelöst, der rudert jetzt, und ich bin frei.«

ZWEITER RÄUBER »Ach, wälch wundarscheenar Jrund zum Trinkan. Proust. Und soag mol, Brudar, woss äss doss fierrn scheenas Mäjdchan, doss därr Strickumhals äm Orrme hält?«

DRITTER RÄUBER »Du weißt äss nächt? Doss äss dej Künnikstochtar. Därr Strickumhals, das äss ihr Mann, därr nuje Künnik. Proust!«

VIERTER RÄUBER »Proust, Proust! Sie sollan lebban!«

Sie feierten zwei Tage lang, drei vier, vielleicht auch sieben. Und wenn sie nicht gestorben sind, dann feiern sie noch heute.

Die Eisprinzessin
Cumberlandsche Fassung

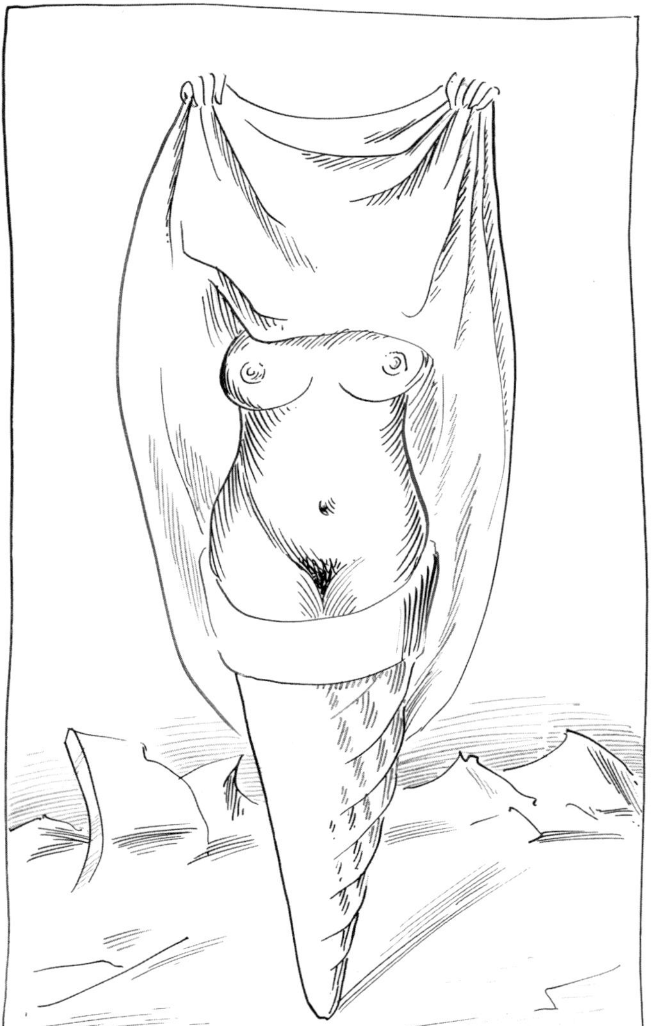

Es heißt, daß der Teufel sich mit seiner Großmutter in dem verfallenen Treppenhaus der Cumberlandschen Galerie eingenistet hat. Betritt man diesen Ort durch die Außentür, vor der eine wilde Erdbeerstaude wächst, ist sogleich ein Klabastern und Rumoren zu hören, Schreie mitunter, sowie Gelächter, und tatsächlich werkelt da ein Geselle in seinem verschmierten Hausmeisterkittel herum und sorgt dafür, daß es bis unters Dach, wo Bänke stehen und Kissen auf Treppenstufen zum Sitzen einladen, schabt, klopft, wispert, scheppert und dröhnt. Es mögen ganz redliche Arbeitsgeräusche sein, die in diesem halligen Treppenhaus nur ein wenig unheimlich klingen. Dann kommt eine weibliche Stimme dazu. Ein Streit scheint ausgebrochen, dann Stille und wieder dies Schaben und Klopfen. Plötzlich der Schrei einer Frau, der Flügelschlag eines Raben, dann schwere Schritte, die langsam die Treppenstufen heraufkommen. Des Teufels Großmutter erscheint in der Gestalt einer Putzfrau. Sie hält einen Besen in der Faust und stampft die Treppenstufen mehr quer als hoch, als habe sie keine Lust, Eimer, Putzlumpen und Schrubber, die da auf sie warten, je zu erreichen. Sie singt ein Liedchen.*

TEUFELS GROSSMUTTER

Der Mond huscht um die Erde,
die Erde um die Sonn.
Die wirbelt durch die Sterne
in unbekannte Ferne.
Und alles tanzt davon.

---

* zum Niedersächsischen Staatstheater Hannover gehörend

So tanzen auch die Stäubchen
und wirbeln durch die Welt
und hüpfen mir aufs Häubchen,
auf Kragen, Rock und Leibchen,
und reisen ohne Geld.

Sie reisen bis sie träge
in meine Stube falln.
Dann komme ich und rege
den Besenstiel und fege
zu Flocken sie und Balln.

Die werf ich in den Garten.
Dort fährt der Wind hinein.
Ich muß nicht lange warten,
schon dringen diese zarten
Gesellen wieder ein.

Des Teufels Großmutter kehrt singend den Fliesenboden. Dazu wachsen die Geräusche ihres Enkels in Hausmeistergestalt wieder an.

Drum bohner, putz, polier ich,
spül, feudel, wiener, schrubb,
wichs, wachs, wasch, wisch, seif, schmier ich,
feg, wedel, reib, frottier ich
auf ewig meine Stub.

Plötzlich lehnt sich des Teufels Großmutter angewidert von soviel Stumpfsinn gegen ihren Besen. Augenblicklich herrscht Stille.

Es war einmal, da fegte des Teufels Großmutter über die Erde und verfing sich in einem Dornengestrüpp und konnte sich nicht mehr befreien. Also verbrachte sie die Nacht im Dorn.

Noch einmal mahnt der Teufelslärm zur Arbeit. Fegend, putzend und wischend erzählt sie weiter. Erneute Stille.

Als es dämmerte, sah sie auf dem Felde den jungen König von Sizilien, der lagerte mit seinem Heer vor ihrem Dorngestrüpp. Sie sah, wie sie erwachten und sich reckten und stumm und steif zu ihr hinüberstarrten, und keiner dachte dran, sich zu erheben, und keiner fand den Mut, mit blankem Schwert herauszuhauen aus dem Dorn die Großmutter des Teufels. Keiner.

Des Teufels Großmutter antwortet.

Heh, was glotzt ihr Maulaffen in den jungen Morgen? Haut lieber heraus, was hier gefangen sitzt in dieser elenden Stachelfalle.

ALS KÖNIG VON SIZILIEN Wie redest du mit einem König! Wie redest du mit seinen tapferen Soldaten. Wer bist du, Weib?

TEUFELS GROSSMUTTER Ich bin des Teufels Großmutter. Die schert sich nicht darum, ob einer König ist oder Soldat. Wer sie heraushaut aus dem Dorn, dem wird sie einen Wunsch erfüllen.

ALS KÖNIG VON SIZILIEN Drei Jahre zieh ich schon mit meinem Heer nach Norden, find die Eisprinzessin nicht, von der ich träume jede Nacht. Wenn du mich zu ihr führst, Großmutter des Teufels, will ich dich gerne aus den Dornen haun.

TEUFELS GROSSMUTTER Hau mich heraus! Ich führe dich zu deiner Eisprinzessin.

ALS KÖNIG VON SIZILIEN Kann man dir denn traun?

TEUFELS GROSSMUTTER Du traust mir nicht? Willst die Belohnung vor der Arbeit schon serviert bekommen, junger König? Schau, da ist sie schon.

Des Teufels Großmutter setzt sich als Eisprinzessin aufs Fensterbrett.

ALS EISPRINZESSIN Ich bin die Eisprinzessin, sitze auf der Spitze meines Bergs aus Eis von Meer umspült. Und alle kommen sie, wolln mich herunterziehn vom Berg so klar und schön wie Glas in ihre stinkend warmen Betten. Alle. Ich bin schön.

ALS KÖNIG VON SIZILIEN Ein Jahr schon bin ich auf dem Weg zu dir. Ich scheue nicht dein kaltes Meer und deinen Berg aus Eis. Ich will zu dir. Ich will. Ich will.

TEUFELS GROSSMUTTER Du willst die Großmutter des Teufels aus den Dornen haun.

ALS EISPRINZESSIN Ich will dich nicht. Bleib mir vom Leib.

ALS KÖNIG VON SIZILIEN Mein Leib ist heiß.

ALS EISPRINZESSIN Mein Leib ist Eis.

ALS KÖNIG VON SIZILIEN Kein Eismeer kann mich schrecken. Zu dir schwimme ich. Dich liebe ich, seitdem du mir im Traum erschienst.

TEUFELS GROSSMUTTER Du willst die Großmutter des Teufels aus den Dornen haun.

ALS EISPRINZESSIN Ich will dich nicht. Bleib mir vom Leib.

ALS KÖNIG VON SIZILIEN Ich träume jede Nacht von dir. Nun endlich ist der Tag. Ich steig auf deinen Berg aus Eis so klar und schön wie Glas zu dir.

TEUFELS GROSSMUTTER Du willst die Großmutter des Teufels aus den Dornen haun.

ALS EISPRINZESSIN Ich will dich nicht. Bleib mir vom Leib.

ALS KÖNIG VON SIZILIEN Ich bin der König von Sizilien. Schönes Mädchen, komm mit mir. Komm nach Sizilien. Komm, Siziliens Königin.

TEUFELS GROSSMUTTER Du willst die Großmutter des Teufels aus den Dornen haun.

ALS EISPRINZESSIN Sizilien? Wo soll das sein?

ALS KÖNIG VON SIZILIEN Weit, weit im Süden will ich dir mein schönes Land zu Füßen legen. Komm.

TEUFELS GROSSMUTTER Du willst die Großmutter des Teufels aus den Dornen haun.

ALS EISPRINZESSIN Ich lege mir Sizilien selbst zu Füßen.

TEUFELS GROSSMUTTER Stattdessen läßt du einen Zapfen Eis dir in den Rücken stechen, junger König, stürzest unter dem Gelächter deiner schönen Traumgefährtin von dem Berg aus Eis ins kalte Meer.

ALS KÖNIG VON SIZILIEN Der Zapfen Eis in meinem Herzen, das kalte Meer, das mich empfängt, sie sind nichts gegen die Kälte deines Lachens.

TEUFELS GROSSMUTTER Die Eisprinzessin lacht. Die Ohrn der Großmutter des Teufels schmerzen. Der junge König treibt durchs grüne Meer, zieht hinter sich rot einen Streifen. Blut.

ALS KÖNIG VON SIZILIEN Ich darf noch nicht sterben. Muß dem Teufel noch die Großmutter aus den Dornen haun.

TEUFELS GROSSMUTTER Der junge König treibt an Land, haut sie heraus, bevor er tot zusammenbricht. Hier endet die Geschichte. Mir ist kalt. Ich sehne mich nach meiner Höllenglut.

Von unten dringen monotoner und häßlicher als je zuvor die Geräusche des teuflischen Hausmeisters hoch. Seine teuflische Hausmeisterin feudelt den Boden, bis sie ihren Schrubber angeekelt fortschleudert. Sofort herrscht Stille.

TEUFELS GROSSMUTTER Doch weil du mich vom Dorn befreitest, will ich dich befrein vom Eis in deinem Herzen, will dir ein zweites Leben in die Wunde blasen, sie mit spitzen Zähnen schließen, die Geschichte weitertreiben.

ALS KÖNIG VON SIZILIEN Eisprinzessin, komm, ich will dich haben.

ALS EISPRINZESSIN Nein, du kriegst mich nicht.

ALS KÖNIG VON SIZILIEN Ich laß dich fangen.

ALS EISPRINZESSIN Nein, ich laß mich nicht.

ALS KÖNIG VON SIZILIEN Ich laß dich werfen in den Turm, der hat weder Fenster noch Tür.

ALS EISPRINZESSIN Ich lasse mich nicht.

ALS KÖNIG VON SIZILIEN Ich steige des Nachts durchs Dach zu dir.

ALS EISPRINZESSIN Ich gefriere zu Eis.

ALS KÖNIG VON SIZILIEN Ich falle mit heißen Küssen über dich her, daß du taust und schmilzt und niedersinkst.

ALS EISPRINZESSIN Als Schmelzwasser steig ich die Turmwände hoch, bis du ertrinkst.

ALS KÖNIG VON SIZILIEN Was ist das, Großmutter des Teufels? Was mach ich falsch?

TEUFELS GROSSMUTTER *brüllt in ihren Eimer, daß es schaurig schallt* Alles!

ALS KÖNIG VON SIZILIEN Wie kann ich alles richtig machen?

TEUFELS GROSSMUTTER Ach, das lernst du nie.

ALS KÖNIG VON SIZILIEN Ich will es lernen.

TEUFELS GROSSMUTTER Schon gar nicht von heute auf morgen.

ALS KÖNIG VON SIZILIEN Ich nehme mir Zeit.

TEUFELS GROSSMUTTER Du mußt drei Jahre mir dienen.

ALS KÖNIG VON SIZILIEN Drei Jahre?

TEUFELS GROSSMUTTER In der Hölle.

ALS KÖNIG VON SIZILIEN Dir dienen.

TEUFELS GROSSMUTTER Mit aller Kraft und allem Fleiß.

ALS KÖNIG VON SIZILIEN Bekomm ich sie, dien ich dir gern drei Jahr.

TEUFELS GROSSMUTTER Das hab ich nicht versprochen.

ALS KÖNIG VON SIZILIEN Sondern was?

TEUFELS GROSSMUTTER Daß du nicht alles falsch machst.

ALS KÖNIG VON SIZILIEN Was soll werden aus dem Heer?

TEUFELS GROSSMUTTER Was kümmerts mich? Sie können in der Hölle lagern. Da ist Platz für tausend Heere.

ALS KÖNIG VON SIZILIEN Folgt zur Hölle mir.

TEUFELS GROSSMUTTER Da ziehen sie zur Hölle hin und lagern sich am finstren Ort und sehn im roten Schein der Höllenfeuer ihren jungen König dienen ihr mit aller Kraft und allem Fleiße, ihr, der Höllenfürstin.

Wie drei Jahr vergangen sind, besucht der König abermals die Traumgefährtin auf dem Berg aus Eis.

ALS EISPRINZESSIN Ich bin die Eisprinzessin, sitze auf der Spitze meines Bergs aus Eis von Meer umspült. Und alle kommen sie. Wolln mich herunterziehn vom Berg so klar und schön wie Glas in ihre stinkend warmen Betten. Alle. Ich bin schön.

TEUFELS GROSSMUTTER Er trägt ein Kleid wie es die Mädchen in Sizilien tragen. Sie erkennt ihn nicht.

ALS EISPRINZESSIN Ein Mädchen.

ALS SIZILIANERIN VERKLEIDETER KÖNIG Nie hab ich gewußt, daß Eisberge sprechen.

ALS EISPRINZESSIN Was sagst du?

ALS VERKLEIDETER KÖNIG Ach, lieber, schöner Eisberg, hör mich an.

ALS EISPRINZESSIN Ich hör nicht recht!

ALS VERKLEIDETER KÖNIG Ich bin in großer Not. Ein Jahr lang such ich schon die Eisprinzessin, find sie nirgendwo. Zeig mir den Weg zu ihr, ich schenk dir einen Schmetterling.

ALS EISPRINZESSIN Ich mach mir nichts aus Schmetterlingen. Nanntest du mich Eisberg?

ALS VERKLEIDETER KÖNIG Ja, gefällts dir nicht?

ALS EISPRINZESSIN Ja, doch. Es hat mich nur noch niemand so benannt.

ALS VERKLEIDETER KÖNIG Noch niemand? Wie denn sonst?

ALS EISPRINZESSIN Man nannte mich mal so, mal so. Siziliens Königin zum Beispiel.

ALS VERKLEIDETER KÖNIG Ach. Siziliens Königin.

ALS EISPRINZESSIN Zum Beispiel. Warum weinst du, Mädchen?

ALS VERKLEIDETER KÖNIG Ach, Siziliens Königin.

ALS EISPRINZESSIN Sag, Mädchen, warum weinst du?

ALS VERKLEIDETER KÖNIG Wäre längst Siziliens Königin, wenn nicht die Eisprinzessin wär.

ALS EISPRINZESSIN Die Eisprinzessin? Ach! Erzähl mir die Geschichte.

ALS VERKLEIDETER KÖNIG Meine Heimat ist Sizilien, lebe dort im Königsschlosse, kenn darum den König gut und lieb ihn mehr als irgendwer auf dieser Welt. Vor ein paar Jahren nun verschaffte sich die Eisprinzessin Einlaß zu des Königs Träumen, hat das Nacht für Nacht genutzt, so daß der König sich in sie verlieben mußte. Seitdem sieht er mich nicht mehr, obwohl ich schöner bin als sie.

ALS EISPRINZESSIN Woher willst du das wissen?

ALS VERKLEIDETER KÖNIG Das hat mir der König so gesagt. Sie ist nicht schön, hat er gesagt, sie ist nur jede Nacht im Traum bei mir.

ALS EISPRINZESSIN Ich kenn die Eisprinzessin. Sie ist über alle Maßen schön. Viel schöner noch als du und ich zusammen.

ALS VERKLEIDETER KÖNIG Du und ich? Zusammen? Das mag sein. Entschuldige! Das mag sein. Entschuldige! Als Eisberg bist du makellos. Doch Weiberschönheit soll man nicht in einem Eisberg suchen.

ALS EISPRINZESSIN Bist du blind?! Ich bin ein Weib!

ALS VERKLEIDETER KÖNIG Ein Weib?

ALS EISPRINZESSIN Um dessen Willen viele Männer den Verstand verloren!

ALS VERKLEIDETER KÖNIG Den Verstand? So hab auch ich verloren den Verstand. Im Norden sehen mir die Weiber aus wie Eis.

ALS EISPRINZESSIN Hat denn ein Eisberg Augen? Einen Mund? Hals? Schultern? Brüste? Hüften? Bauch? Und Bein? Ich bin ein Weib wie du. Nur schöner, hörst du? Schöner!

ALS VERKLEIDETER KÖNIG Schöner? Augen? Da und da. Der Mund? Ich höre Deinen Mund, jedoch –

ALS EISPRINZESSIN Jedoch?

ALS VERKLEIDETER KÖNIG Jedoch im Süden singen sie ein Liedchen –

ALS EISPRINZESSIN Und das geht?

ALS VERKLEIDETER KÖNIG Und das geht so:

Ich sag zu meinem Munde Mund
Erst wenn er rot und prall und rund
Erst wenn mein Mund sich selber spürt
Als wenn mein Liebster ihn berührt
Erst wenn mein Mund sich selber fühlt
Als wenn mein Liebster mit ihm spielt
Sag ich zu meinem Munde Mund.

ALS EISPRINZESSIN So so.

ALS VERKLEIDETER KÖNIG Das kann mein Mund. Und darum ist er schön.

ALS EISPRINZESSIN Und meiner?

ALS VERKLEIDETER KÖNIG Kann das nicht.

ALS EISPRINZESSIN Und ist darum nicht schön?

ALS VERKLEIDETER KÖNIG Nicht wie er sein könnte.

ALS EISPRINZESSIN Wie willst du das wissen?

ALS VERKLEIDETER KÖNIG Weil ichs seh.

ALS EISPRINZESSIN Was siehst du?

ALS VERKLEIDETER KÖNIG Daß dein Mund sehr schön ist, seh ich, sicher schöner als der meine war bevor er fühlen lernte, wies im Liedchen heißt, jedoch –

ALS EISPRINZESSIN Jedoch mein Mund pfeift drauf, sich selbst zu fühlen. Ihm reicht es, wenn sein Opfer seine Schönheit fühlt.

ALS VERKLEIDETER KÖNIG Doch blüht dein Mund zu höchster Schönheit auf, so fällt dein Opfer in den tiefsten Bann.

ALS EISPRINZESSIN Das hast du schön gesagt. Ich glaube, Mädchen, wir verstehen uns. Kennst das

Geheimnis du, zu höchster Schönheit aufzublühn? Ich meine, gibt es einen Weg dahin auch ohne einen sogenannten Liebsten?

ALS VERKLEIDETER KÖNIG Ja, den gibt es.

ALS EISPRINZESSIN Zeig ihn mir, dann zeige ich dir auch den Weg zur Eisprinzessin.

ALS VERKLEIDETER KÖNIG Es ist nicht einfach, fordert alle Kraft und allen Fleiß.

ALS EISPRINZESSIN Du zeigst ihn mir, ich helfe dir die Eisprinzessin töten. Du bekommst Siziliens König, ich die allerhöchste Schönheit. Zeige mir den Weg dahin.

ALS VERKLEIDETER KÖNIG Er führt nach Süden, nach Sizilien.

ALS EISPRINZESSIN Warum das?

ALS VERKLEIDETER KÖNIG Weil dort ein warmer Wind den Körper streichelt.

ALS EISPRINZESSIN Ich will kein warmes Streicheln auf dem Körper – ich will –

ALS VERKLEIDETER KÖNIG Schönheit. Nimm den Wind als Medizin, die zu höchster Schönheit führt.

ALS EISPRINZESSIN Sizilien paßt mir nicht. Was soll der König denken, wenn ich ihm – und außerdem mußt du, wenn du den König von Sizilien wieder haben willst, die Eisprinzessin vorher töten.

ALS VERKLEIDETER KÖNIG VON SIZILIEN Guter Einfall! Machen wir es so. Erst schlagen wir die Eisprinzessin tot, dann segeln wir nach Süden, wo mein Liebster von mir träumt und auf mich wartet.

ALS EISPRINZESSIN Ja. – Ach, weißt du, wenn ichs recht bedenke, bleiben wir beim ersten Plan.

ALS VERKLEIDETER KÖNIG Ganz wie du willst.

ALS EISPRINZESSIN Der Eiswind hat die Haut mir wie beim Seehund hart gemacht.

ALS VERKLEIDETER KÖNIG Der Wind im Süden macht sie weich und schön.
ALS EISPRINZESSIN Das meint ich.
ALS VERKLEIDETER KÖNIG Auf nach Süden!
TEUFELS GROSSMUTTER Auf nach Süden
Wo die Achsen wachsen
Wo die Ähren gären
Wo die Auschen rauschen
Wo die Eiben treiben
Wo die Elfen belfen
Wo die Ellen quellen
Wo die Ießen sprießen
Wo die Illern trillern
Wo die Irren flirren
Wo die Odeln brodeln
Wo die Ommeln trommeln
Wo die Otzen strotzen
Wo die Uchern wuchern
Wo die Unkeln funkeln
Wo die Useln wuseln
Wo die Abern wabern Algen balgen Aschen haschen Aunen raunen Eifen greifen Eigen steigen Eimen keimen Euteln beuteln Ichern kichern Ingern schlingern Ispern wispern Itzeln kitzeln Obern schnobern Ogen wogen Ollern kollern Osen kosen Ummeln tummeln Ulen sulen Ulsen pulsen Uscheln kuscheln.
Übers Nordmeer fahrn zwei Mädchen hin nach Süden. Winde wehen. Eis und Wogen krachen. Abends sitzen beide unterm Segel auf dem Deck des Schiffs. Die Sizilianerin weist ihrer Schülerin ein erstes Mal den Weg zur höchsten Schönheit.
ALS VERKLEIDETER KÖNIG Schau. Wir fangen bei den Augen an. Sie strahlen dann am wunderbar-

sten, wenn sich ihr Blick versenkt in einem andern Augenpaar. Das zu genießen macht die Augen schöner.

ALS EISPRINZESSIN Zu genießen? Reicht nicht, daß ich meinen Blick mit aller Kraft und allem Fleiß versenke in dein Augenpaar?

ALS VERKLEIDETER KÖNIG O nein, das reicht nicht, denn zu höchster Schönheit strahlt das Auge auf, wenn es genießt.

ALS EISPRINZESSIN Und wie genießt das Auge?

ALS VERKLEIDETER KÖNIG Es genießt, wenn durch den ganzen Körper wohlig warm du einen süßen Regen rinnen fühlst.

ALS EISPRINZESSIN Ein Regen?

ALS VERKLEIDETER KÖNIG Du kennst Regen nur zu Schnee gefroren. In Sizilien schneit es auch im Winter Regen.

ALS EISPRINZESSIN Ach, ich hab noch viel zu lernen, meine Blicke sind versenkt in deine Augen, keinen Regen fühl ich durch den Körper rinnen keinen Schnee.

ALS VERKLEIDETER KÖNIG Wenn weiterhin du alle Kraft und allen Fleiß zusammennimmst, wirst du ihn fühlen lernen. Regen rinnt bereits.

ALS EISPRINZESSIN Wie schön, daß ich dich traf.

TEUFELS GROSSMUTTER Dann ruhn zwei Mädchen in der Koje. Wellen wiegen sie in Schlaf. Der Nachtwind weht und bläht die Segel. Wellen wachsen. Wilder tanzt das Schiff, wirft eins ans andre.

ALS EISPRINZESSIN Was ist unter deinem Bauch? Es ragt hervor.

ALS VERKLEIDETER KÖNIG Das ist – das ist das Glück. Bei manchen Mädchen ragt es vor, bei manchen ragts zurück. Scher dich nicht drum. Das

Glück ist noch nicht dran. Erst gegen End des Wegs, den ich dir zeige, kommen wir zum Glück.

ALS EISPRINZESSIN Erst gegen End? Mein Glück ragt eindeutig zurück.

ALS VERKLEIDETER KÖNIG Tatsächlich?

ALS EISPRINZESSIN Ja.

ALS VERKLEIDETER KÖNIG So soll es bleiben. Fühlst du deine Haut? Du fühlst am schönsten sie, wenn du sie schmiegst an eines andern Haut. Das zu genießen macht dich schöner.

ALS EISPRINZESSIN Reicht nicht, daß mit aller Kraft und allem Fleiß ich meine Haut an deine schmiege?

ALS VERKLEIDETER KÖNIG Nein, zu höchster Schönheit kommt die Haut, wenn sie genießt.

ALS EISPRINZESSIN Und wie genießt die Haut?

ALS VERKLEIDETER KÖNIG Die Haut genießt, wenn durch den ganzen Körper wohlig warm du einen süßen Regen rinnen fühlst.

ALS EISPRINZESSIN Ich hab noch viel zu lernen, meine Haut ist gegen deine Haut geschmiegt, ich fühle keinen Regen durch den Körper rinnen keinen Schnee.

ALS VERKLEIDETER KÖNIG Wenn weiterhin du alle Kraft und allen Fleiß zusammennimmst, wirst du ihn fühlen lernen. Regen rinnt bereits.

ALS EISPRINZESSIN Wie schön, daß ich dich traf.

TEUFELS GROSSMUTTER Da fahrn zwei Mädchen übers Meer nach Süden. Winde wehen linder. In den Abendstunden sitzen beide unterm Segel auf dem Deck des Schiffs.

ALS VERKLEIDETER KÖNIG Wir kommen jetzt zum Mund.

ALS EISPRINZESSIN Den hatten wir doch schon.

ALS VERKLEIDETER KÖNIG Noch nicht ausführlich.

Deine Lippen blühen dann am schönsten, wenn sie sich auf andre Lippen drücken. Das zu fühlen, zu genießen, macht die Lippen schöner.

ALS EISPRINZESSIN Reicht nicht, daß mit aller Kraft und allem Fleiß ich meine Lippen auf die deinen drücke?

ALS VERKLEIDETER KÖNIG Nein, zu höchster Schönheit blühn die Lippen auf, wenn sie genießen.

ALS EISPRINZESSIN Wie genießen Lippen?

ALS VERKLEIDETER KÖNIG Sie genießen, wenn durch sie ein süßer Regen wohlig warm in deinen Körper rinnt.

ALS EISPRINZESSIN Ich hab noch viel zu lernen, meine Lippen sind gedrückt auf deine, keinen Regen fühle ich durch sie in meinen Körper rinnen keinen Schnee.

ALS VERKLEIDETER KÖNIG Wenn weiterhin du alle Kraft und allen Fleiß zusammennimmst, wirst du ihn fühlen lernen. Regen rinnt bereits.

ALS EISPRINZESSIN Wie schön, daß ich dich traf.

TEUFELS GROSSMUTTER Da ruhn zwei Mädchen in der Koje. Wellen wiegen sie in Schlaf. Der Nachtwind weht und bläht die Segel. Wellen wachsen. Wilder tanzt das Schiff, wirft eins ans andre.

ALS VERKLEIDETER KÖNIG Heute kommen zu den Händen wir. Sie finden schönere Gestalt wenn auf und ab, wenn kreuz und quer sie gehn, wohin sie mögen, über Haare, Schultern, Brust und Bauch, wohin sie mögen. Alles fühlen und genießen macht dich schöner.

ALS EISPRINZESSIN Reicht nicht, daß ich meine Hände gehen lasse auf und ab mit aller Kraft und allem Fleiß, wohin sie mögen, kreuz und quer zu deinem Mund zu deiner Brust, zu deinem Glück?

ALS VERKLEIDETER KÖNIG Das reicht nicht, denn zu höchster Schönheit und Gestalt gedeihen deine Hände, wenn sie fühlen und genießen lernen.

ALS EISPRINZESSIN Daß durch sie ein süßer Regen wohlig in den Körper rinnt?

ALS VERKLEIDETER KÖNIG So ist es.

ALS EISPRINZESSIN Ach, ich hab noch viel zu lernen, meine Hände gehen auf und ab und kreuz und quer. Ich fühle keinen Regen rinnen keinen Schnee.

ALS VERKLEIDETER KÖNIG Wenn weiterhin du alle Kraft und allen Fleiß zusammennimmst, wirst du ihn fühlen lernen. Regen rinnt bereits.

ALS EISPRINZESSIN Wie schön, daß ich dich traf.

TEUFELS GROSSMUTTER Da fahrn zwei Mädchen übers Meer nach Süden. Winde wehen lau. In Abendstunden liegen beide auf dem Segel auf dem Deck des Schiffs.

ALS VERKLEIDETER KÖNIG Wir kommen jetzt zum Glück.

ALS EISPRINZESSIN Zum Glück schon? Also geht der Weg, den du mir zeigst, zuend?

ALS VERKLEIDETER KÖNIG Der Weg geht weiter. Blau hebt sich Siziliens Küste aus dem Meer. Ich zeige dir zu guter Letzt das Glück.

ALS EISPRINZESSIN Siziliens Küste? Schon? Noch immer fühl ich keinen Regen rinnen keinen Schnee, noch immer bin ich nicht erblüht zu höchster Schönheit.

ALS VERKLEIDETER KÖNIG Warts nur ab.

ALS EISPRINZESSIN Du meinst, das Glück wird Regen rinnen lassen?

ALS VERKLEIDETER KÖNIG Warts nur ab.

ALS EISPRINZESSIN Zeig mir das Glück. Ja. Zeig es mir.

ALS VERKLEIDETER KÖNIG Wir kommen jetzt zum Glück. Es blüht und glüht am wunderbarsten, wenn es sich tief versenkt in eines andern Glück.

ALS EISPRINZESSIN Ich dacht es mir.

ALS VERKLEIDETER KÖNIG Das zu genießen macht die Menschen schöner.

ALS EISPRINZESSIN Reicht nicht, daß ich mein Glück mit aller Kraft und allem Fleiß in deinem Glück versenke?

ALS VERKLEIDETER KÖNIG Nein, nur wenn du fühlst, genießt, blühst du zu höchster Schönheit auf.

ALS EISPRINZESSIN Ich fühle nichts. Was ich nicht fühle, kann ich nicht genießen. Nach Sizilien folgt ich dir umsonst.

ALS VERKLEIDETER KÖNIG Ja, ja – ich meinte nein.

ALS EISPRINZESSIN Ja, nein, ja, nein. Ich traue dir nicht mehr.

ALS VERKLEIDETER KÖNIG Ja, traue mir, ja, ja, o, ja.

TEUFELS GROSSMUTTER Da fahrn zwei Mädchen übers Meer nach Süden. Warme Winde wehen. Sanfte Wellen heben sie auf weißen Strand. Sizilien. Tiefer Schlaf.

Am Morgen liegt die Eisprinzessin auf dem Segel auf dem Deck des Schiffs allein.

ALS EISPRINZESSIN Wo bist du, meine Lehrerin? Wo bist du?

TEUFELS GROSSMUTTER Sie ist fort. Das Schiff ist leer. In ganz Sizilien ist sie nicht zu finden, keiner kennt sie, keiner weiß von ihr.

ALS EISPRINZESSIN Das junge Mädchen, das den König liebt.

TEUFELS GROSSMUTTER Da gibt es viele junge

Mädchen, die den König lieben. Frag den König selber.

ALS EISPRINZESSIN Nein, den König frag ich nicht. Der soll mich hier nicht sehn.

TEUFELS GROSSMUTTER Kein Mensch weiß Rat. Den König fragt sie nicht, läuft lieber übern weißen Strand und weint. Die Eisprinzessin weint. Zum ersten mal in ihrem Leben weint sie Tränen. Mit ihr weint der Himmel Regen, doch sie fühlt ihn kaum. Nur Schmerz. Nur Sehnsucht.

ALS EISPRINZESSIN Warum bist du fort? Warum? Ich will dich wiedersehn. Ich brauch dich doch. Wie soll ich ohne dich erblühn zu höchster Schönheit? Wie?

TEUFELS GROSSMUTTER Tags läuft sie weinend übern Strand. Nachts liegt sie auf dem Segel auf dem Deck des Schiffs, träumt von der Sizilianerin.

ALS EISPRINZESSIN Ich seh dich. Meine Augen sehen dich. Mir ist, als fühl ich süß und wohlig warm – mir ist, als fühl ich.

TEUFELS GROSSMUTTER Lange geht das so. Der Regen will nicht enden. Eines Tages kommt die Sonne doch. Soldaten ziehn vorüber. Neugier packt die Eisprinzessin.

ALS EISPRINZESSIN Wo Soldaten sind, ist auch der König, Wo der König ist, ist SIE!
Ich werfe mich zu ihren Füßen hin. Ach, König! Laßt sie mir nur einen Tag! Nur einen! Sie!

TEUFELS GROSSMUTTER Der König ist bei den Soldaten. Sie aber fehlt.

ALS EISPRINZESSIN Ist sie schon fort, die Eisprinzessin töten? Nach Norden?
Schöne Sizilianerin! Hier bin ich! Hier! Komm, töte mich!

TEUFELS GROSSMUTTER Die Eisprinzessin wirft sich in den heißen Staub dem König vor die Füße.

ALS EISPRINZESSIN König helft! Ich such ein Mädchen, eine schöne Sizilianerin. Seit sieben Wochen such ich sie. Sie kennen sie. Sie liebten sie. Wo ist sie? Bitte, sagt es mir. Ich muß sie finden.

ALS KÖNIG VON SIZILIEN Stehe auf und schau mich an.

TEUFELS GROSSMUTTER Sie steht nicht auf und schaut ihn auch nicht an. Er soll sie nicht erkennen.

ALS KÖNIG VON SIZILIEN Sag mir, warum mußt du sie finden?

ALS EISPRINZESSIN Weil ich sie – ach, ach, ich kanns nicht sagen – muß sie finden, sehne mich, sie noch einmal zu sehen – einmal noch – noch einmal – sie.

TEUFELS GROSSMUTTER Der König beugt sein Knie, ergreift die Hand der Eisprinzessin, zieht sie hoch zu sich.

ALS EISPRINZESSIN Was faßt er mich so an? Das soll er nicht. Was zieht er mich empor. Ich will das nicht.

ALS KÖNIG VON SIZILIEN Du zitterst, Mädchen.

ALS EISPRINZESSIN Nein, ich zittre nicht.

ALS KÖNIG VON SIZILIEN Schau auf zu mir. Ich will dich küssen.

ALS EISPRINZESSIN Nein, das will ich nicht.

TEUFELS GROSSMUTTER Er soll die längst erkannte nicht erkennen.

ALS EISPRINZESSIN Nein! Auf keinen Fall!

ALS KÖNIG VON SIZILIEN Sei ruhig, Mädchen, denn ich will dir helfen. Hör. Du sehnst dich also, sie nochmal zu sehen?

ALS EISPRINZESSIN Ja.

ALS KÖNIG VON SIZILIEN Ich will dich zu ihr führen, komm mit mir.

ALS EISPRINZESSIN O, ja, ich komme, ja, zu ihr!

ALS KÖNIG VON SIZILIEN Siehst du das Schiff am Strand dort liegen?

ALS EISPRINZESSIN Ja, gewiß. Jedoch – dort ist sie lange schon nicht mehr.

ALS KÖNIG VON SIZILIEN Dort ist sie, glaube mir.

ALS EISPRINZESSIN Nein, nein. Ich bin allein auf diesem Schiff seit sieben Wochen. Tag und Nacht. Allein.

ALS KÖNIG VON SIZILIEN Tief unter Deck ist eine Kammer.

ALS EISPRINZESSIN Eine Kammer?

ALS KÖNIG VON SIZILIEN Ja.

ALS EISPRINZESSIN Dort war sie sieben Wochen ganz allein? Das kann ich dir nicht glauben, König.

ALS KÖNIG VON SIZILIEN Bleibe hier am Strand zurück. Ich gehe zu ihr, schicke sie zu dir hinaus, vertraue mir.

ALS EISPRINZESSIN Ja! Schicke sie! Ja, ja! Ich danke dir, hochedler König, ja! Womit kann ich dir danken?

ALS KÖNIG VON SIZILIEN Ach, du hast so viel, mein schönes Mädchen, womit du mir danken kannst.

TEUFELS GROSSMUTTER Der König geht aufs Schiff und unter Deck in jene Kammer und reißt die Goldgewänder sich vom Leib und glüht vor aufgestauter Liebe. Da stößt die Großmutter des Teufels der so verwirrten Wartenden ins Hinterteil, daß sie dem König hinterher tief unter Deck ins Innere des Schiffes taumelt, wo sie heimlich sieht, was es zu sehen gibt. Der nackte König hat im Rücken eine Narbe von einem Zapfen Eis von kleinen Narben eingesäumt von spitzen Teufelszähnen. Und vorne springt sein Glück hervor. So schlüpft er in das Kleid der Sizilianerin, das er aus einer Kiste zieht und geht als Sizilianerin vom Schiff. Der Strand ist leer. Der König fragt mit glockenheller Stimme die Soldaten.

ALS VERKLEIDETER KÖNIG Sprecht. Wo ist sie hin?

TEUFELS GROSSMUTTER Doch ehe eine Antwort kommt, tritt goldgewandet aus dem Schiff die Eisprinzessin und befiehlt mit markigem Organ.

ALS VERKLEIDETE EISPRINZESSIN Das Weib hat mich beleidigt nehmt es fest und werft es in den Turm, der weder Fenster hat noch Türen.

TEUFELS GROSSMUTTER Da packen die Soldaten ihren König, weil sie ihn für ein freches Weibsbild halten, und werfen ihn in jenen Turm, der weder Fenster hat noch Türen, und ziehen weiter mit der Eisprinzessin, die sie für ihren König halten, indes ihr König in dem Turme schmachtet bei einem Brotlaib und bei einem Krug voll Wasser. Sieben Wochen schmachtet er in seinem Turm.

Dann kommt der große Tag, an dem der König Hochzeit feiern will, und alle sind aufs Schloß geladen, und alle sind gespannt und rätseln, wen wohl der König sich zur Frau erwählen wird, denn keine sah man je an seiner Seite.

Da endlich stellt die Großmutter des Teufels, die das Gewand des Priesters umgeworfen hat, die heißersehnte Frage

ALS PRIESTER König, sprecht. Wer ist die neue Königin? Wer ist die Frau, mit der ich Euch vermählen soll?

ALS VERKLEIDETE EISPRINZESSIN Die neue Königin sitzt in dem Turm, der weder Fenster hat noch Türen. Sie hat sich sieben Wochen dort auf ihre Hochzeit vorbereitet. Bringt sie zu mir und waltet Eures Amtes, Priester.

TEUFELS GROSSMUTTER Da werfen sie das Brautkleid durch ein Loch im Dach und ziehn den König als die neue Königin zum Turm heraus.
Die Hochzeitsgäste rufen Ah und Oh beim Anblick jener schönen Braut mit schwarzem Vollbart.

Dröhnendes Gelächter aus der Tiefe.

Jedoch dem Bräutigam gefällt die Braut. Schon am Altar raunt er begeistert ihr ins Ohr.

ALS VERKLEIDETE EISPRINZESSIN Ach, Liebste, welch ein süßer Regen rinnt bereits durch meinen Körper, wenn meine Lippen deinem Ohr auch nur mit halber Kraft und halbem Fleiße diese Worte anvertrauen.

TEUFELS GROSSMUTTER Und die Soldaten sehn das Königspaar, das Arm in Arm im Schloß verschwindet und sehn die Großmutter des Teufels über die Erde davonfegen zur Hölle hin. Um Dornen macht sie große Bögen. Und aus der Ferne ruft sie den Soldaten zu: Wer wenig fühlt, soll sich ein Mädchen aus Sizilien suchen.

Des Teufels Großmutter geht mit dem Besen in der Faust wie sie gekommen war und singt ihr Liedchen:

Der Mond huscht um die Erde,
die Erde um die Sonn.
Die wirbelt durch die Sterne
in unbekannte Ferne,
und alles tanzt davon.

So tanzen auch die Stäubchen
und wirbeln durch die Welt
und hüpfen mir aufs Häubchen,
auf Kragen, Rock und Leibchen
und reisen ohne Geld.

Sie reisen, bis sie träge
in meine Stube falln.
Dann komme ich und rege
den Besenstiel und fege
zu Flocken sie und Balln.

Die werf ich in den Garten.
Dort fährt der Wind hinein.
Ich muß nicht lange warten,
schon dringen diese zarten
Gesellen wieder herein.

Drum bohner, putz, polier ich,
spül, feudel, wiener, schrubb,
wichs, wachs, wasch, wisch, seif, schmier ich
feg, wedel, reib, frottier ich
auf ewig meine Stub.

Müllers Hut

Ich und du, Müllers Kuh,
Müllers Esel, das bist du,
Das bist du noch lange nicht,
Sag mir erst, wie alt du bist.
Dadadi dantarra, dadi dadei
Dadadia dia dia dantarei.

Geld und Gut, Müllers Hut,
Müllers Esel ist voll Blut,
Voller Sehnsucht, voller Lust,
Davon hat er nichts gewußt.
Dadadi dantarra, dadi dadei
Dadadia dia dia dantarei.

Huf und Tatz, Müllers Schatz,
Müllers Esel liebt die Katz,
Liebt sie, bis er ganz vergißt,
Daß er Müllers Esel ist.
Dadadi dantarra, dadi dadei
Dadadia dia dia dantarei.

Früher Sommermorgen. Auf dem Hof der Mühle liegt der Esel. Schläft mit einem Mehlsack auf dem Rücken. Sonnenstrahlen kitzeln seine Nase. Schnarchend kämpft er mit der Sonne, bis der Hahn ihn aus dem Traum, in dem er Säcke schleppte, in die Wirklichkeit versetzt, in der er Säcke schleppt. Im Traume schleppen und beim Schleppen träumen. Welch ein Eselleben. Da! Ein Stolperer. Der Mehlsack drückt die Tür zum Wohnhaus auf. Der Hut des Herrn liegt auf den Dielen! Blitzt, umtanzt von Staubgelichter, auf im frühen Sonnenscheine. Niemand schaut. Der Esel setzt den Mehlsack ab und bückt sich, packt den Hut, schaut sich nach allen Seiten um. Er ist allein. Er

setzt den Hut des Herrn auf seinen Kopf. Noch schläft der Herr. Im Mühlteich spiegelt sich der Esel mit dem Hut, bis ihm ein Wind die Pracht vom Kopfe weht und übern Mühlteich treibt. Welch Unglück! Übern Mühlteich bis zum Wasserfall, schwupp, kippt er ab den Bach hinunter.
Hufe fliegen schmatzend durch den Uferschlamm. Der Hut tanzt durch die Steine. Steinig steigt das Ufer. Steil. Die Hufe krachen. Länger wird der Bach, der Atem kürzer. Sinne schwinden.

Hundert Hüte tanzen durch die Morgensonne
hundert Sonnen taumeln durch die Lärchenstämme
hundert Lerchen fliegen in den blauen Himmel
hundert Himmel wirbeln um die Eselsnase
hundert Nasen hüpfen um die Eberesche
hundert Eber wälzen sich im Schlammloch
hundert Löcher rauschen durch die Sommernacht
und schreien Kuckuck, Kuckuck, Kuck-

Zwei schlappe Ohren werden wieder spitz.
»Wo bin ich?«
Antwort: Waldesrauschen, Vogelsang, Kaninchenschweigen, Jahrmarktsgrölen aus der Ferne:
»Kommet herbei, Verehrungswürdigste! Fröhlichkeit frommt dem freien Manne. Nur eines schartigen Hellers bedarf es! Den kann wohl ein jeder erschwingen, und sei er nur ein lumpiger Tunichtviel oder gar Taugenichtsnutz. Ich mache ihn zum König! Denn wer froh ist, ist ein König. Und seinen Haupt- und Staatsschatz halt ich hier für ihn bereit. Zehn harte Taler dem, der Caro Acht, den Schröcklichen, im Faustkampf besieget. Zehn Taler für zwei starke Fäuste und ein furchtloses Herz! Wer wagt es.

Ah! Da kommt er schon dein Gegner, Caro, der Kuloss von Grauenfells. Halb schiebt man ihn, halb sinkt er dahin.«

Und leise zum Hund:

»Deine letzte Chance! Verstanden?«

Caro hechelt, tänzelt, rührt die frische Morgenluft mit Graden, Uppercuts und Haken auf:

»Verstanden, Chef, verstanden.«

Eh der Esel sichs versieht, stülpt man ihm Handschuh über. Einen Boxkampf soll er liefern gegen einen Hund in glitzerroten Boxerhosen. Der hüpft hin und her und hechelt. Und sein Herr der Jahrmarktschreier schreit und schlägt den Gong:

»Merket auf und lauschet den ehernen Regeln des Kampfes. Geschlagen wird mit den Händen, die in den Handpantuffeln schwitzen. Fußtreten, Würgen, Kneipen, Kratzen, Spucken als auch die Verwendung anderweitiger Gerätschaften ist streng untersagt. Fällt einer und kommt einer nicht auf die Beine, als bis ich bis zehn gezählet, so ist der andere als der Sieger zu feiern und erhält seine Taler.«

Und leise zum Hund:

»Mach Kleinholz aus ihm, oder lerne Karnickelfutter fressen.«

»Chef, kommt nicht in Frage, Chef, verstanden. Echt.«

»Seid ihr bereit? Bei los gehts los.«

Und leise zu Caro:

»Jetzt schlag ihn oder verrecke!«

»Geht in Ordnung.«

»Los!«

»Was ist das? Boxen.«

Niemals hat ein Müller seinem Esel Boxen beigebracht. Die Menge gröhlt. Vergnügt sich fürstlich.

»Ach, der Esel!«
»Keinen Dunst vom Boxen!«
»Esel! Mach es wie der Hund! Mach es wie er!«
Wie machts der Hund? Er tänzelt. Niemals hat ein Müller seinem Esel tänzeln beigebracht. Wie macht ers noch? Er hüpft und hechelt, fuchtelt mit den Fäusten, läßt sie hin und wider zucken. Niemals hat ein Müller seinem Esel Hinundwiderzucken beigebracht, geschweige mit den Fäusten wirbeln, Löcher schlagen in den Sonntagsmorgen, trommeln auf das Fell des Gegners. So was sucht der Esel jetzt zu lernen, denn es geht um Taler. Ein Gedanke füllt den Eselschädel:
»Für zehn Taler kauf ich einen Hut.«
Jedoch vom Hinundwiderzucken geht kein Hund zu Boden.
»Esel, dresch ihn!«
»Hat der Müller dir nicht dreschen beigebracht?«
»Wie? Was? Auf einmal nicht mehr boxen, sondern dreschen?«
»Ja.«
»Das ist was andres.«
»Nimm den Hund als Stroh.«
»Stroh will gedroschen sein.«
Da nimmt der Esel ihn als Stroh und drischt.

»Heho heho!
Hafer träumt im Haferstroh
Aus der Traum! Der Traum ist aus!
Hafer, komm zum Stroh heraus!
Heho heho!«

Die Menge tobt. Der Hund kriegt Dresche.

»Stirb und werde, stirb und werde,
Bauer wirft dich auf die Erde,

Regen rieselt, Sonne scheint,
bis ein neuer Hafer keimt,
sich im Winde wiegt und träumt.
Aus der Traum, der Traum ist aus!
Hafer komm zum Stroh hinaus!
Heho he-«

Der Hund kriegt Dresche, Puddingknie, geht zu Boden, und sein Herr fängt an zu zählen:
»Eins.
Versager.
Zwei.
Elendiger
Drei.
Du trübe Tasse
Vier.
Du sollst ihn schlagen, Schlappschwanz.
Fünf.
Ihn schlagen, hörst du? Also hoch jetzt! Auf die Beine!
Sechs.
Ich sagte, auf die Beine, Bastard! Oder willst du deinen
Sieben.
Herrn ins Armenhaus befördern? Kerl, komm hoch, ich sag es dir zum letzten Male!
Acht.
Herr Gott, verdamm mich! Soll ich dir erst Pfeffer in die aufgeplatzte Augenbraue streuen?
Neun.
Das Spiel ist aus! Versager! Schlappschwanz elendiger Kerl verfluchter Bastard ein für alle mal das – aus!
Der Kampf ist aus! Verehrte Leut! Ein neuer Meister ist geboren!

Mensch, Dich kann ich brauchen, Esel. Du hat das Gewisse in den Fäusten. Bleib! Ich weiß daraus das Letzte vorzukitzeln.
Applaus für den Champion, Damen und Herren!
Bleib bei mir Junge.
Ich führe dich auf die Straße des Ruhms.
Zehn Taler für den Meister aller Klassen! Na? Wie fühlt man sich?«
»Gibts für zehn Taler einen Hut?«
»Wie bitte?
Hoch verehrte Damen! Werte Herrn! Sie waren Zeugen von historischem Geschehn!
Was sagst du?
In welchem Caro Acht, der Schröckliche, den Meister fand.
Du sprichst von einem ganz normalen Hut?«
»Wie ihn die Herren tragen.«
»Einen Hut. Einen solchen hat die Welt noch nicht gesehen! Darum erhöhe ich die Siegesprämie! Nicht zehn Taler! Auch nicht zwölf! Ein Hut wie ihn die Herren tragen, ist der Lohn.«
Aus seinem abgewetzten Frack zieht er die schwarze Scheibe, klack! schon funkelt auf dem Kopf des Esels ein Zylinderhut. Der Esel packt den Hut, der Jahrmarktschreier schreit:
»Als Knecht stieg dieser Mann in die Arena. Seht! Als Herr tritt er daraus hervor!
Was soll denn das schon wieder?«
Unser frischgebackener Herr läuft mit dem Hut davon. Und teilt die Menge mit der Linken. Mit der Rechten streckt er seinen neuen Hut zum Himmel, fest umklammert, falls ein zweiter Wind ihn will. Zur Mühle, hin zur Mühle im Galopp zur Mühle, eh der Müller aus den Kissen kriecht.

»Muß zurücksein in der Mühle,
eh der Herr erwacht!
Gott, bewahr ihn auf dem Phühle
nach durchzechter Nacht!
Schenk ihm gute tiefe Träume!
Halt den Krähhals still!
Laß nur sanft die Lindenbäume rauschen.
Gott, ich will,
daß du mir den Wunsch erfüllest,
daß du meinem Herrn
nicht mein eitles Tun enthüllest,
Gott, mein heller Stern.«

Eine Hundezunge liegt im Staub, zwei Hundeohren zucken, endlich zuckt die Zunge auch.
»Da bin – ich, Chef – wieder voll – da ich ich hol – zurück dir ihn – den Chef – den Kassenmeister Kleister aller Massen Meister aller – häng mich an die Fersen – hol ihn Chef – in Ordnung ihn zurück – ich cole und ich hoache ihn – ich coache ihn – zurück.«
Der Esel rennt. Der Jahrmarktslärm summt ihm im Nacken.

»Schenk ihm gute, tiefe Träume,
halt den Krähhals still.
Laß nur sanft die Lindenbäume –«

Vor ihm hinter Rosenbüschen eine graugestreifte Katze, seufzt:
»Adjöh, gemeine Welt!«
Sie will nicht mehr am Leben bleiben, weil ihr Mann sich, dem sie alle Jahre alles war, mit einer Roten in den Kissen wälzt. Der Strick hängt schon am Ast. Ihr

Kopf drängt in die Schlinge. Brroff! Schwarz wird der Tag. Ist das der Tod?
»Erbarmen!«
Nein. Der Esel ist es. Rast durchs Stadttor übers Feld, setzt übern Bach durch Rosenbüsche, reißt sie nieder. Brroff! Begräbt die Katze unter sich, den Hut gezückt wie nur ein Kavalier.
»Verzeihen Sie.«
Die Katze schweigt und rührt sich nicht. Der Esel löst sich staunend. Rätselhafter Zauber.
»Eine Frau!«
Zurück zum Bach! Sein Wasser in den Hut! Die schöne Dame zu beleben! Zaghaft netzt der Esel die gestreifte Stirn.
»Sie lebt!«
Sie haucht:
»Vorbei die Pein. Der Himmel kühlt die heiße Stirn.«
Sie öffnet ihre Augen. Grün.
»So unergründlich grün.«
Der Himmel schaut als feiner Herr in grüne Augen. Schöpft den Himmelstau aus einem Herrenhut.
»Wo bin ich?«
»Ach, so grüne«
»Bin ich hier«
»so grüne Au«
»im Himmel?«
»Augen«
»Grüne Auen?«
»habe ich mein«
»Wie im Himmel. Aber«
»Lebtag nicht«
»der Strick hängt immer noch«
»gesehn, so«
»an dem selben Aste.«

»grün,«
»Und dennoch scheint«
»so grün,«
»die Welt verwandelt,«
»ach, so grün.«
»so ganz verwandelt.«
Hundehecheln. Hinter Rosen reißt der Hund die zugeschwollnen Augen auf, schaut durchs Gebüsch.
»Pfui Teufel! Mein Bezwinger mit ner Katze! Pfui! Verzeihen Sie,«
und hält die zugeschwollenen Augen zu.
»Potzteufel! Kompliment, Chef! Muß schon sagen! Harte Fäuste, zarter Sinn. Hab nichts gesehn, Chef. Tschuldigung. Mich schickt mein Herr. Er will ihr Glück.«
»Mein Glück? Da kommt Ihr Herr zu spät! Ich glaub, ich hab es schon gefunden.«
»Gott, verdamm mich, nein, wie kann er nur?
Eh, Chef! Sie machen einen Fehler! Kommen Sie! Ich bringe Sie zu meinem Herren. Da coach ich Sie zum Champion.«
»Gott, was spricht der?«
»Tschuldigung. Versteh. Bin ungelegen. Leg mich hintern Busch. Halt mich ergebenst zur Verfügung. Nichts für ungut, Gnädigste. Mein Herr soll warten. Bitte untertänigst um Vergebung. Bin schon fort.«
»Was hat das zu bedeuten?«
»Weiß es nicht.«
»Ich wollte mich an diesem Baum –.«
»Da hab ich Sie.«
»Gerettet. Edler Herr, wie kann ich Ihnen.«
»Nennen Sie mich Abraham.«
»Ich heiße Renaldine.«
»Welch ein schöner Name: Renaldine.«

»Abraham. Sie sind ein wahrer Herr. Erzählen Sie von sich. Wer sind Sie, Abraham? Was trieb Sie, mich zu retten?«
»Grüne Augen.«
»Oh.«
»Die Freiheit leuchtete so grün.«
»In meinem Augen Freiheit?«
»Ja.«
»Ein freier Herr entdeckt in meinen Augen Freiheit?«
»Ach, ich bin nicht frei. Weiß nicht wohin? Muß in der Mühle sein, eh ein gewisser Herr vom Schlaf erwacht. Ein andrer will mich auf den Weg des Ruhmes führen.«
»Gibt es einen dritten Weg?«
»Den gehe ich bereits.«
»Tatsächlich?«
»Ja, an Ihrer Seite, Fräulein. Träumen bis der Tag vergeht.«
»Und dann?«
»Soweit mag ich nicht denken.«
»Also träumen wir.«
Die Sonne blitzt. Der Bach rumort. Sie träumen. Der Tag vergeht. Der Mond steigt aus den Wiesen. Nebelschleier decken diese Erde zu.
»Abraham, was nun?«
»Die Nacht wird kühl.«
»Im Städtchen weiß ich einen warmen Platz zum Schlafen, Chef.«
»Auch in der Mühle wüßt ich einen.«
»Ich weiß keinen mehr.«
»Wir gehen einen dritten Weg und folgen jenem Stern.«
»Verstehe, geht in Ordnung, Chef.«
»Der Stern führt ins Gebirg.«
»Dort weht ein frischer Wind.«

»Was wir bei Tage in der Sonne träumten, wollen wir in dunkler Nacht geschehen lassen.«
»Nix für ungut, Chef. Die Tante spinnt.«
»Mir träumte, daß ich flöge über einen hohen Berg.«
»Mir träumte Wurstsalat.«
»Mir träumte, wie ein Sturmwind meinen Hut entführte, segelte am Abendhimmel, blitzte wie ein Stern.«
Der Stern entführt sie ins Gebirg. Der Mond versteckt sich hinter Wolken. Dunkel decken sie den Himmel zu. Der Stern läßt sich nicht löschen, führt vor schwarzer Wolkenmauer sie auf steile Berge, hart vorbei an Felsenschluchten, über schroffe Kämme, hin zur allerhöchst –
»Zu Hilf!«
Plötzlich, fern ein Hahnenschrei.
»Was war das?«
»Habt Ihr das gehört, Chef?«
»Helft! Ein Unglück sondergleichen!«
»Ja. Ich hör.«
Die Wolkendecke reißt. Der Mond. Am Felsen überm Abgrund hängend eine Kutsche.
»Ihre Kutsche, Abraham?«
»Wir reisen jetzt bequemer, Renaldine.«
»Eine Kutsche! Chef, verstehe, Chef.«
Ein Hahn stolziert im Mondlicht übern Felsen, sieht den Hut und beugt den Nacken tief.
»Euch schickt der Himmel, Edler. Dank vom König. Diese Kutsche Euer Lohn. Die darin reisten liegen tot am Grund der Schlucht. Die Edelsten, die Besten unsres Landes. Tot. Nur ich blieb hangen im Gesträuch. Gelingts uns, diese Kutsche auf die Straße zu bewegen, ist noch Hoffnung für den König, der daniederliegt.«

»Der König? Krank?«
»Uns hat der Himmel ausersehen, ihn zu retten.«
Kraftvoll packt der Esel die Kutsche, rollt sie vom Abgrund zurück auf die Straße. Der Hund springt ihm bei.
»Wir sollen ihn retten? Der hat sie nicht mehr alle, Chef. Das Mondlicht schadet dem Verstand.«
Die Katze packt die Pferdezügel.
»Ach! Der arme König! Ach!«
Es dirigiert der Hahn das Unternehmen.
»Es war so. Ein Luchs erschien. Die Pferde scheuten. Pestilenz! Das Kutschgehäuse kippte, schüttelte sich aus und warf die Besten in den Abgrund. Bleiben wir, die Krankheit zu vertreiben, die den König beutelt.«
»Ich verstehe mich aus Halskompressen.«
»Ich auf Liegestütz und Atemtechnik.«
»Ich verstehe nichts.«
Die Arbeit ist getan. Die Kutsche auf der Straße. Unversehrt.
»So hört. Der König liegt im Sterben. Alle Ärzte wissen keinen Rat. Allein die Königin ließ nach den besten Künstlern schicken, denn sie weiß: der König liebt die Künste. Doch die Künstler üben nun am Grund der Schlucht als Leichen ihre Künste. Also müssen wir die Künstler spielen. Also müssen wir den König retten.«
»Wir? Versteh mich nicht auf Kunst. War früher Boxer. Bin zu alt dafür.«
»Zu alt zum Boxen, nicht zum Kunst betreiben.«
»Kann nur Fischauflauf, Kartoffelklöße –«
»Das ist mehr als jene konnten. Was könnt Ihr?«
»Ihr sprecht von mir? Ich habe nichts mit Kunst am Hut. War in der Mehlbranche tätig. Überwachte den Transport.«

»Ich war ihr Kutscher. Trank zuviel vom dunklen Bier. Der Luchs im Mondschein. Oder wars der Teufel? Ich bekenne – dieser Unfall – bin nicht frei von Schuld, doch wird sie ruchbar, hänge ich am nächsten Baum. Ich häng am Leben. Rettet mich, Ihr guten Seelen. Wir sind bessre Künstler als die Toten in der Schlucht.«
»Da hat er recht.«
»Das sind wir.«
»Chef, das ist ein Wort! Verstehe!«
»Also retten wir den König.
Ich kann reden und ein wenig
dirigiern und arrangieren,
Verse schmieden, komponieren.«
»Ich? Ich könnte so ein Liedchen trällern:
Retten wir den kranken König!
Tirili und tirila.«
»Wunderbar und du?«
»Nur Deckung, Beinarbeit und Atemtechnik: Hähä hähä hähä hähä«.
»Teufel, welch vitaler Rhythmus! Gott, da machen wir was draus. Und was kannst du?«
»Nur Säcke schleppen hin und her und her und hin.«
»Nur Säcke schleppen hin und her und her und hin, ein Liedchen trällern, Atemtechnik, wäre doch gelacht, wenn sich daraus nicht etwas arrangieren ließe. Macht es euch bequem. Ich fahre Euch wie rohe Eier sicher durch ein Heer von Luchsen. Nie mehr Braunbier! Allez hopp! Zum kranken König. Atemtechnik, Liedchen trällern, hin und her und her und –.«
Auf dem Bock der Hahn, der Hund an seiner Seite:
»Luchse hau ich dir zu Klump.«
Der Mond vergießt sein Licht in weite Täler. Übern Kamm der Weg zum Schloß. Im Kutschgehäuse hält

ein Esel eine Katze, oder hält sie ihn? Den Esel, der ein Leben lang Getreidesäcke trug, trägt eine Katze durch die Nacht. Sie fliegt mit ihm.

»So geht die Liebe. Wußtest du das nicht?«

»Nein, Renaldine.«

»Doch, so geht die Liebe, Abraham.«

Dadadi dantarra, dadi dadei
Dadadia dia dia dantarei.
Ich und du, Müllers Kuh,
Müllers Esel, das bist du,
Das bist du noch lange nicht,
Sag mir erst, wie alt du bist.
Dadadi dantarra, dadi dadei
Dadadia dia dia dantarei.

Geld und Gut, Müllers Hut,
Müllers Esel ist voll Blut,
Voller Sehnsucht, voller Lust,
Davon hat er nichts gewußt.
Dadadi dantarra, dadi dadei
Dadadia dia dia dantarei.

Huf und Tatz, Müllers Schatz,
Müllers Esel liebt die Katze
Liebt sie, bis er ganz vergißt,
Daß er Müllers Esel ist.
Dadadi dantarra –

Auf dem Schloß des kranken Königs Wispern, Schleichen, leise Türen. Spezialisten für die Lunge, Knochenaufbau, Atemwege, Nerven, Ohren, Herzgefäße, Zähne, Magendarmkanal. Am Tor kein Einlaß.

»Ein Befehl der Königin? Ist nicht bekannt.«
»Es sind die besten Künstler, die des Königs Leben retten sollen.«
»Nicht bekannt. Wir haben Order, niemanden ins Schloß zu lassen.«
»Niemanden? Wer gab die Order?«
»Karl. Des Königs Bruder.«
»Und die Königin –«
» – ist fort. Seit gestern in Burgund.«
Am Fenster kräht der Narr des Königs:

»In Burgund singt ein Mund,
sinkt ein Stern.
Sterne sinken, Sterne steigen.
Menschen ducken sich und schweigen
nah und fern.«

»Macht euch fort!«
»Ich muß den Narren sprechen.«
»Niemand darf ins Schloß.«
Auf zittrigen Beinen löst sich im Narrengewand aus dem Schatten des Tores der König, dahinter die scheppernden Knochen in blauschwarzen Mantel geschlagen der Tod. Vier Künstler stehen im Mondlicht zu ihrem Empfang. Der erste geleitet den König auf samtenen Pfoten zur Kutsche. Der König neigt sich dem Hut, daß die Schellen seines Narrenkleides klimpern. Im Schloß bleibt die Krankheit in Schalen und Tiegeln zurück wie die Macht beim Bruder des Königs. Der zweite hebt den klimpernden König zur Kutsche empor. Der dritte schwingt seine Peitsche. Schon dampfen die Pferde. Der vierte fährt dem scheppernden Kerl, der sie verfolgt, an die fleischlose Kehle, jagt ihn ins Dickicht des Waldes. Sie fahrn in

den grauenden Morgen, sehen die Strahlen der Sonne am Turme des Schlosses, die Scharen der Reiter, befehligt vom Bruder des Königs, den König zu fangen im Narrenkostüm, damit er ordentlich sterbe. Aus dornigen Büschen schiebt sich schon wieder der dunkle Geselle. Der Hund will ihn packen. Da hält ihn der Esel zurück.
»Ok, Chef, verstehe.«
Da öffnet die Katze die Kutschtür.
»Der König läßt bitten.«
»Ein Spielchen?«
»Gewiß doch.«
Und scheppernd besteigt der knochige Schwarze die Kutsche. Sein Einsatz: der Mantel. Der Einsatz des Königs: der Rest seines Lebens. Sie spielen. Die Künstler geben ihr Kunststück.

»Seht ihr dort den Knochenmann?
Schwarz bleich hinterm Brette?
Kaum ist er mit Ziehen dran,
rührt sich ein Quartette.
Tanzt ein Esel, daß es staubt,
daß die Kiesel fliegen,
was dem Tod die Ruhe raubt,
die er braucht beim Siegen.
Auf dem Esel hockt ein Hund,
ein vitaler Hechler,
hechelt mit dem Hundemund,
stört den bleichen Lächler.
Auf dem Hund hockt eine Katze,
die ein Liedchen plärret,
was dem mit der Knochenglatze
an den Nerven zerret.
Auf der Katze hockt ein Hahn,

kräht und dirigieret
dies Gebräu aus Scherz und Wahn,
was den Tod verführet,
viel zu unbedacht zu ziehn,
daß der Schellenkragen
Land gewinnt bei dem Bemühn,
seinen Tod zu schlagen.
Denn, wenn er zu ziehen hat,
schweigen alle Viere,
daß er sich bis zum Schach Matt
bestens konzentriere.
Tod verlier die Schachpartie!
Was ist schon dabei?
Zwing ihn morgen in die Knie,
Laß ihn heute frei.
Brich dir keinen Knochen ab,
Kannst doch sicher sein,
Einer hüpft dir aus dem Grab,
Hundert hüpfen rein.

Das Liedchen verwirrt den knöchernen Spieler. Der greise Narrenkönig gewinnt. Er hüllt sich in blauschwarzen Sammet. Dem Knochenmann bleiben die Kleider des Narren. Schon naht mit den Reitern der Bruder und fordert den flüchtigen Narren. Die Kutschtür springt auf. Hervor tritt ein Esel, zieht seinen Hut und verkündet:

»Hundert Reiter jagen einen Narren.
Der ist schneller, listiger und stärker.
Hundert Reiter können ihn nicht fangen.
Dideldum.«
»Unsinn! Rückt ihn raus.«
»Da ist er. Fangt ihn doch.«

Zittrig wie ein kranker König hinkt der Tod, der eine Schachpartie verloren hat, im Kleid des Narren aus der Kutsche in den Wald. Die Schellen klimpern.
»Halt! Da ist er!«
Taucht ins Dickicht und zerteilt behend die Dornen.
»Haltet ihn! Ihm nach!«

»Hundert Reiter jagen einen Narren.
Der ist schneller, listiger und stärker.
Hundert Reiter können ihn nicht fangen.
Dideldum.«

»Schweig, Esel! Dieses Lied soll dir das Leben kosten. Und vergeßt nicht, er ist krank. Bringt ihn lebendig mir!«
»Ja, zu Befehl.«
Der kommt nicht weit. Im Dunkel des Waldes verrät ihn sein Schellengeläute.
Hundert Reiter reiten in den Wald. Schon bluten hundert Pferde. Stachlig ist das Unterholz und dicht.
»Setzt ab.«
Sie setzten ab dem Narren hinterdrein. Ach, wenn sie wüßten! Hundert Jäger jagen ihren Tod, der sie mit Klimperschellen in das dunkle Dickicht lockt. Zu spät erkennen unter bunter Narrenkappe sie sein bleiches Grinsen.
Durchs Gebirg rollt eine Kutsche in den lichten Morgen.
»Was soll werden?«
»Fahren wir ans Meer.«
»Ans Meer!«
»O ja, ans Meer!«
»Wir fahren, ja ans Meer.«
»Wir rollen ihm entgegen,

ja, dem Meer, das uns entgegenrollt.«
»Ja.«
»Haltet eure Ohren zu.«
»Dann hört ihr, wie es rollt und rauscht.«
»Ach, Unsinn! Nur ein Bächlein stürzt vom Berg.«
»Ich weiß im Hochgebirge einen Quell. Wer darin badet, heißts, wird wieder jung.«
»Im Hochgebirge? Eine Quelle?«
»Ja.«
»Und wieder jung?«
»Blutjung.«
»Da lassen wir das Meer.«
»Ja, ja.«
»O, ja.«

Sie finden diesen Quell. Sie baden. Werden jung. Vergessen, wer sie warn. Ein junger Hund jagt eine junge Katz. Ein junger König schmückt sein Haupt mit einem alten Hut und reitet geradewegs zu jenem Meer, das Winde leergetrunken haben, eh die Menschen sich dort niederließen. Hund und Hahn dem Jüngling hinterdrein. Ein Esel bleibt zurück, sitzt auf der Kutschendeichsel, sinnt und grübelt. Abends gleitet eine junge Katze elegant zu Pferd an ihm vorüber.

»Grüne Augen!«

Er erhebt sich. Da! Ein Stolperer. Die Kutsche rollt zu Tal. Der Esel läuft der Kutsche nach. Die Kutsche rollt und rast ins Leere. Sie zerschellt an einer Felsenwand. An ihrem Fuß liegt eine Mühle, die für einen jungen Esel Arbeit hat.

Dadadi dantarra, dadi dadei
Dadadia dia dia dantarei.
Ich und du, Müllers Kuh,
Müllers Esel, das bist du,
Das bist du noch lange nicht,
Sag mir erst, wie alt du bist.
Dadadi dantarra, dadi dadei
Dadadia dia dia dantarei.

Geld und Gut, Müllers Hut,
Müllers Esel ist voll Blut.
Voller Sehnsucht, voller Lust,
Davon hat er nichts gewußt.
Dadadi dantarra, dadi dadei
Dadadia dia dia dantarei.

Huf und Tatz, Müllers Schatz,
Müllers Esel liebt die Katz.
Liebt sie, bis er ganz vergißt,
Daß er Müllers Esel ist.
Dadadi dantarra, dadi dadei
Dadadia dia dia dantarei.

Die Mondtücher

Es war eine Kröte, die wusch ihre Wäsche im Meer.
Sie breitete sie über die felsige Küste
und ließ sie im Mondschein trocknen.
Fuhr ein Schiff vorbei,
so lockten die funkelnden Felsenkleider
es allzuleicht zu nahe heran,
daß es der Brandung zum Opfer fiel
und an den Klippen zerschellte.
Da fanden unzählige Seeleute
ihr Grab in den Wellen.
Eines Nachts kam wieder ein Schiff übers Meer,
und wieder lockte die glitzernde Küste,
und wieder zerbrach das Schiff
in der wütenden Brandung,
daß alle Seeleute ertranken,
und bald nichts mehr zu sehen war
als das brausende Meer im Mondschein.
Nur eine Kiste, in der sie einen Affen gefangen hatten,
tanzte noch lang auf den Wellen,
bis auch sie gegen die Felsen geworfen wurde
und zersplitterte.
Da sprang der Affe heraus,
kletterte im sprühenden Gischt an einem Felsen hoch
und wickelte sich in die goldene Krötenwäsche hinein,
um sich vor der Kälte zu schützen.
Doch weil die Tücher
noch feucht und klamm waren,
sprang der Affe vor Kälte auf und ab und davon.
Kurz vor Sonnenaufgang kam die Kröte,
ihre Wäsche einzuholen, und fand nichts
als die nackten grauen Felsen
in der Morgendämmerung.
Da machte sich die Kröte auf den Weg
ihre Wäsche wiederzufinden,

und sie kroch sieben heiße Tage
und sieben kalte Nächte durch ein wüstes Land.
Am Morgen des achten Tages
kam die Kröte an das Tor einer großen Stadt.
Sie fragte die Wächter, ob nicht einer
mit ihren goldenen Tüchern durchs Tor gezogen sei,
und die Wächter antworteten,
daß in den letzten Tagen
viele goldene Herrschaften herangereist wären,
weil am Abend der junge König beim Sommerball
auf dem Schloß seine Frau finden wolle.
Da kroch die Kröte durch einen Wald
den Schloßberg hinauf
und gelangte noch vor Abend an das Schloß.
Doch vor dem Tor standen Soldaten
mit langen Spießen,
die wußten von keiner Kröte als Sommballgast
und ließen auch keine ins Schloß hinein.
Da kroch das Tier in einen Hollerbusch
und schaute daraus hervor
auf die vielen prächtigen, schönen
und wundersamen Gäste,
wie sie unangefochten
zwischen den Soldaten
hindurch ins Schloß schlenderten,
während es dunkel und dunkler wurde vor dem Tor,
der Mond aufging und aus den Schloßfenstern
Lachen und Lautenklänge an das Ohr der
einsamen Kröte im Hollerbusch drangen.
Da sprang plötzlich noch ein verspäteter
Sommballgast aus dem Walde hervor.
Der war in wunderbares Glitzerwerk gewickelt
und sieben Zipfel und Enden aus leuchtendem Gold
flatterten hinter ihm her,

daß die Soldaten ihre Spieße hochrissen
vor soviel Pracht
und hinter ihm das Schloßtor verriegelten,
denn die Zahl der geladenen Gäste war erreicht.
Und keiner hatte bemerkt,
daß eine warzenüberwucherte Kröte
diesem schönen letzten Gaste
unter seine flatternden Schöße geschlüpft
und mit ihm durchs Tor gesprungen war.
Einige hatten wohl schon gehört
von den Tanzkünsten des jungen Königs,
wie nun aber alle den Goldumwehten
zu Gesicht bekamen,
waren doch das Erstaunen
und die Bewunderung ungeheuerlich.
Noch nie hatte sich einer mit solcher Eleganz
und Leichtigkeit im Tanze gedreht und gewiegt,
noch nie einer so atemberaubende
und anmutige Sprünge vollführt.
Die schönen Mädchen drängten sich
um diesem Außergewöhnlichen,
und ein jedes wollte sich von ihm
über den schimmernden Tanzboden wirbeln lassen
und am Ende gar Königin werden.
Im Schatten eines Pfeilers saß die Kröte,
hielt einen rosigen Fächer hoch,
ihr grausliges Gesicht zu verbergen,
sah den Tanzenden zu,
wiegte zum Takt der berauschenden Klänge
auch mal ihren grindigen Kopf
und versuchte sogar ein anmutiges Schrittchen,
das aber so plump und unbeholfen ausfiel,
daß sie bald ganz erstarrte,
als sei alles Leben aus ihr gewichen.

Dabei war sie die einzige im Schlosse,
die ein fernes zartes Klatschen hörte,
wie wenn heiße Tränen auf kühle Steine fielen.
Als der junge König zum Schlosse kam,
in dem er das schönste Mädchen im Lande
zur Frau erwählen wollte,
fand er das Tor verriegelt.
Aus dem Fenster klangen
die Jubeltöne der Tanzgeigen,
in die sich das Lachen der Mädchen mischte.
Der junge König konnte die Welt
nicht mehr begreifen und weinte bitterlich.
Da öffnete sich das Tor,
und der junge König ging an einer Gestalt,
die sich hinter einen rosigen Fächer duckte,
vorbei in den dunklen Torweg hinein,
bis er durch seine Tränen verzerrt
das taumelnde Treiben im Ballsaal sah
und die Mädchen, wie sie
um einen goldglänzenden Tänzer herumwedelten,
der sich so wunderbar bewegte,
daß der junge König weiterzuweinen vergaß.
»Was ist das?« stammelte er,
und aus dem dunklen Torweg
antwortete die geduckte Gestalt:
»Der Aff in meiner Wäsch.«
»Warum starren alle diese Mädchen
auf den Aff in deiner Wäsch?«
»Es hat sich zu viel Mondlicht darin verfangen.
Das macht die Mädchen verrückt.«
»Ich will auch tanzen. Ich will auch verrückt sein«,
seufzte der junge König,
»darum sei du meine Tänzerin.«
»Ich werde nur mit dir tanzen«,

sagte die Gestalt aus dem dunklen Torweg,
»wenn du bis zum letzten Geigenton
mit mir durchtanzen willst und erst dann
hinter meinem Fächer schaust und mich ansiehst.«
»Das will ich dir versprechen«,
sagte der junge König und bat die Kröte zum Tanz.
Die Geigen jubelten und die beiden tanzten.
Aber dieser Tanz sah aus,
als schleifte ein Bauer einen Rübensack über sein Feld,
und die Sommerballgäste vergaßen zu tanzen
und schütteten sich aus vor Lachen
über ein so täppisches Tanzpaar.
»Tölpel und Erdkröten drängen
hinauf bis ins Königsschloß«,
sprach der goldene Tänzer,
»da mag ich nicht länger sein
da muß ich weiter zu meines Vaters Palast.«
Und er tanzte in die helle Nacht hinaus,
daß seine sieben Goldzipfel im Mondlicht blitzten,
und an jedem hing ihm ein Mädchen
und tanzte mit ihm nach Süden.
Alle zog es hinaus, das Schauspiel zu genießen,
wie das zaubrige Gespann
im fernen Dunst der Mondnacht langsam versank,
so daß es plötzlich ganz still war im Schloß.
Das warzige Trampeltier
ließ sein Wälzen und Wackeln,
der Jüngling sein Mühen
um artige Schleifen und Drehungen.
Er spürte, wie die geduckte Gestalt
in seinen Händen emporwuchs
und schaute hinter ihren Fächer
und sah ein lachendes Mädchen an,
das war so schön wie der junge Morgen.

Das Pferdeauge

Letzten Sommer. Ich im weißen Kleid übers Torf. Zwei Schmetterlinge vor mir, weiß wie ich, weiß wie der Schnee durch die heiße Sommerluft. Drei Flattergeister über dem Torf.
Bis sich das Torf einen herausschnappte. Da flatterten nur noch zwei. Das Torf hatte in der Hitze einen Riß bekommen, ein klaffendes Maul und sich mit seinem Maul den fettesten herausgeschnappt, den fettesten der Weisslinge. Mich.
Da sitz ich im schwarzen Torfmaul, über mir ein kleiner Fetzen Himmelsommerblau. Hab Angst. Will nicht, daß es mich schluckt, wie es das immer gerne früher tat, als das Torf noch das Moor war, und Menschen schluckte. Will das nicht.
Krall mich fest. Häng mich dem Torfmaul an die Lippe. Zieh mich dran hoch. Da gibt die Lippe nach, wird lang und länger, läßt einen schwarzen Klumpen ab, der fällt auf mich, macht alles noch schwärzer.
Da bin ich unter der Erde, lebendig wie nie.
Da will ich zurück, ans Licht.
Ich bieg mich und dreh mich. Das bringt wieder Licht. Dreh mir immer mehr Licht. Kletter am Klumpen hoch in den Sonnentag zurück.
Da saß ich. Japste und war nicht mehr weiß. War ein klebriger Klumpen Dreck unterm blanken Himmel und noch ein schwärzerer Klumpen neben mir.
»Klumpenkumpel, heh! Siehst aus, als streckte das Torf die Zunge aus seinem Maul.«
Als ich mir die genauer anschau, seh ich, die Zunge ist ein Pferdekopf, vom Torf und von der Zeit ganz schwarz. Die Haut des Pferdekörpers hängt noch daran, steif wie ein regenkrummes Brett, und aus dem Kopf starrt mich ein Auge an, eins nur, tiefschwarz und schimmrig wie ein Maulwurfsfell. Es starrt mich

an. Das rechte Auge fehlt. Da ist nur ein Loch. Das rechte hat das Moor ihm ausgelutscht. Das maulwurfsschwarze Schimmerauge sieht mich an. Mir wird ganz eigen. Ich halt das nicht aus. Ich halt es zu. Da fühl ich: das Auge ist hart wie ein Stein. Ich spuck es an und reib es blank und will es raus und pul und stocher. Da springt es aus dem Pferdekopf in meinen Schoß. Das Auge ist ein Ei aus Glas, das Auge –
Ich schau hinein und schau, und sehe zweitausend Jahre zurück. Da bin ich ein Kind. Ich hocke am Waldrand, pule an meinen verschorften Knien. Da höre ich Singen und seh in der Heiligen Eiche ein Pferd. Ein Pferd hockt im Geäst und singt.
Ich laufe zum Steinwall – zum Heiligen Hain. Da seh ich, das Pferd ist ein Gott. Der sitzt in der Eiche. Dem sitzt ein Pferdekopf auf seinem Menschenrumpf.
Ich krieche näher. Da seh ich – ein Mann! Er hat sich in die Pferdehaut gehüllt, die den Göttern zur Ehre in der Eiche hing, und hat den Pferdekopf über sich wie einen Helm. Fürchtet er nicht den Zorn der Götter? Da setzt er ihn ab, seinen Pferdekopfhelm, der glänzt wie von Schweiß, rostig rot mit gläsernen Augen. Der Mann ist sehr fremd und sehr schön. Lederbänder umspannen die bronzefarbenen Arme. Die Hände pulen und stochern, wollen ein Auge, ein Glasei, treibens heraus aus der Höhle, mit einem Holzstück treibens sies. Er spielt mit dem Auge, wischt Farbe darüber, blau auf milchiges Glas, wischt blaues Meer unter gläsernen Himmel, malt einen Hügel vors Meer, dunkelgrün, setzt zwei Palmen auf den Hügel und singt. »Mare nostrum, mare mium, mare mium.«
Den zeig ich der Schwester!
Ich laufe ins Dorf.

Die Alten treiben eine Kuh ins Moor. Mein Großvater geht voran. Es ist unsere Kuh. Die letzte im Dorf. Nur Haut noch und Knochen. Wie alle im Dorf, nur Haut noch und Knochen. Seit Wochen essen wir nichts als Samen von Gräsern. Das Moor soll sie schlucken. Die Kuh soll die Götter versöhnen, denn gibst du den Göttern, so geben sie dir.
Ich lauf hinters Haus. Am Fenster sitzt meine Schwester. Sie stichelt am Leintuch. Ich zieh es ihr unter der Nadel weg. Die Schwester errötet vor Zorn. Ich laufe. Sie springt aus dem Haus mir nach. Ich lauf durch den Wald zum Heiligen Hain, schwenke ihr Tuch. Hajohu! Sie folgt mir. Sie will mich zerreißen, aber die Äste der Bäume sind tief. Ich bin ein Kind, laufe leicht drunter weg. Hajohu! Die Schwester ist groß. Sie fürchtet die Krallen der Äste in ihrem schönen Gesicht. Drum bin im Wald ich so schnell. Hajohu!
Er ist noch da! Ich spring übern Wall in den Heiligen Hain, duck mich ins Farn.
Die Schwester bleibt am Steinwall stehen, springt mir nicht nach. Sie fürchtet die Blitze der zornigen Götter, starrt auf die beinernen Grinsköpfe hin, auf die Wächter im Steinwall. An jeder Ecke reckt einer den Kopf aus den Steinen, vom ewigen Wachen so bleich, die Augen vom ewigen Schauen so schwarz.
Durch dichtes Kraut hindurch seh ich die Schwester. Sie starrt auf die Schädel im Wall, sieht nicht den Mann in der Eiche, bückt sich, pflückt Blätter, legt sie über die Schädel, ihnen die Sicht zu verdecken, daß sie den Frevel nicht sehen, nicht melden, den Zorn nicht erregen der Götter, denn zürnen will sie, sie allein und Blitze schleudern auf mich. Meine schöne zornige Schwester.

Sie springt über den Wall in den Hain. Niemand darf ihn betreten! Nur Hexen! Ich bin eine Hexe. Ich bin mit den Göttern im Bunde. Sie weiß es nur nicht. Sie kommt!
Ich schleiche zur Eiche, einen Kiesel auf der Zunge. Die Schwester kommt näher. Ich spucke den Kiesel ins Leintuch, schleudre es hoch. Die Schwester sieht, ihr Tuch tanzt vom Himmel, sie sieht hinterm sinkenden Tuch endlich den Schönen, nein, wohl eher sieht sie den Gott mit dem Pferdekopf, schreit, sieht nur den Gott, sinkt auf die Knie, die Stirne ins Moos, sieht nicht, was ihr gellender Schrei mit ihm macht.
So läßt kein Gott sich aus ner Eiche fegen, nein, so stürzt kein Gott, so kommt kein Gott auf die Beine. Wie ein Küken aus den Eierschalen kraucht er aus der Pferdehaut mit großen Augen, ängstlich gegen jeden Baum, stiert auf die Schwester. Die kniet noch immer, drückt noch immer ihre Stirn ins Moos, erwartet immer noch die Strafe ihres Gottes.
Der pflückt ihr Leintuch aus den Dornen, bringts ihr, schaut sich um, als hockten Fallensteller hinter jedem Baum, die ihm als Köder eine Jungfrau in die Falle legten, atmet schwer, legt ihr die Hand auf den Scheitel. Da schwinden der Schwester die Sinne. Alles fällt ihr ins Moos.
Der schöne Fremde humpelt davon, schaut sich einmal noch um. Da sieht er! Da liegt sie im Moos. So schön. Da treibts ihn zu ihr. Er faßt sie. Sie regt sich. Der Schöne erstarrt. Sie öffnet die Augen. Er dreht ihr das Pferdauge ins Licht, »Mare nostrum,« legt ihr das leuchtende Ei in die Hände. Sie stammelt ihm nach:
»Mare nostrum.«
»Mare nostrum,« flüstre auch ich.

Er legt ihr zwei Finger auf die Lippen, nicht mehr zu sprechen, legt ihr das Leintuch über die Augen, nicht mehr zu schauen, humpelt bachaufwärts. Ich aber schau.
Die Roßhaut schleift durchs Dickicht ihm nach. Ich auch. Durchs Dickicht ihm nach. Da steht er am Bach. Seine Kleider fallen. Er wäscht sich. Salbt seinen bronzenen Körper. Funkelt im Abendlicht. Legt sich. Wikkelt sich ein in die Roßhaut. Ißt dunkle Krumen aus ledernem Schlauch. Schiebt sich den Schlauch unter die Roßhaut. Legt seinen Kopf auf den Roßkopf.
Der Schöne im Mondlicht. Er träumt. Ich reiß ihm den Schlauch aus der Haut, flüchte ins Dunkel. Er hastet mir nach, vorüber an meinem Versteck. Hastet, bis er erstarrt. Vor ihm steht im Mondlicht immer noch vor schwarzen Tannen unterm Leintuch immer noch die Schwester, hält das Pferdeauge immer noch.
Der Schöne faßt die Pferdehaut, schleudert sie, der Pferdekopf fliegt, die Haut flattert ihm nach, bläht sich, ein Gaul fliegt zum Waldgrund, reitet das Moos, der Schöne, er faßt sie, schleudert die Schwester, sie fliegt, das Leintuch flattert ihr nach, sie fliegt auf die Roßhaut, reitet die Roßhaut, der Schöne ihr nach, fliegt auf die Schwester, wiemder und wieder, reitet sie tief in den Waldgrund, reitet sie, stammelt: »Puella! Puella divina«. Die Schwester stammelt ihm nach. »Puella divina,« stammel auch ich, drücke mir schrumplige Beeren süß in der Farbe des Moores tief in den Mund.
Ich laufe ins Dorf. Die Alten hocken im Haus. Sie singen. Der Rabe hockt auf der blinden, buckligen Hexe. Die Kuh ist im Moor. Ihr warmer Dunst ist fort. Sie wärmt nur noch Götter. Knurrende Mägen. sie hocken, schlucken und kauen rauchige Nachtluft. Dann singen sie wieder.

Ich falle ins Stroh. »Mare nostrum.« Der Rabe hüpft der Blinden vom Buckel zu mir. Ich geb ihm zu pikken. Er liebt die schrumpligen Beeren wie toll. Kaum hört er mich die Zauberworte sagen, »Mare nostrum,« zittern ihm die Flügel schon vor Gier.
Ich träume vom Raben. Er macht, was ich will. Wir fliegen. Puella divina. Wir schaukeln uns über die Wolken.
Am Morgen schaukelt mich die blinde Hexe durch den Wald. Ich sitz auf ihrem Buckel, zeig ihr den Weg. Es folgen die Männer. Der Rabe fliegt durch die Bäume neben mir her. Am Steinwall wirft die Hexe Runenhölzer, liest sie, verkündet: »Die Götter gewähren den Zutritt zum Heiligen Hain!« Neun Männer wälzen den Stein aus der Pforte.
Ich führe die Schar zur Stelle hin, an der er sie nachts in den Waldgrund geritten. Da liegt sie allein, allein in die Roßhaut gewickelt. Die Hexe streicht ihren Speichel der Schlafenden über die Lider. Die Augen springen auf davon. Ich duck mich ins Farn. Die Hexe zerteilt das Haar meiner Schwester in Strähnen. Männer fassen die Strähnen, ziehen sie fort, schlagen die Nackte mit Zweigen und Ästen. Ich bleibe im Farn. Sie wälzen den Stein von der Pforte, lassen mich liegen – vergessen im Farn.
Ich werfe mich, flieg auf die Pferdehaut, reite sie wieder und wieder, reite sie tief in den Waldgrund, da drückt sichs aus dem Waldgrund gegen meinen Leib, blinzelt mich an das Glasei mit den Palmen auf dem Hügel am Meer, liegt kühl in meiner Hand, das Pferdeauge, »Mare nostrum,« nun bin ich eine Zauberin!
Durch die alten Bäume fliegt der Rabe, holt sich schrumplige Beeren. Ich tanze mit ihm durch den Hain. Da seh ich ein Schiff. Es treibt den Fluß hinun-

ter. So schön wie ich noch nie eins sah. Es gleitet durch den Morgennebel. Der schöne Fremde steht auf dem Schiff, hält ihr Tuch in den Händen, schaut in ihr Tuch. Ich setz mir den Pferdekopf auf wie einen Helm, feiere meine Hexenfeier, springe dem Schiff hinterher. Die Pferdehaut flattert mir nach. Ich singe noch nie gesungene Lieder.

Da seh ich das Moor. Da seh ich sie alle. Sie treiben die Schwester zum Moor. Die blinde Hexe setzt den Schnabel vors Gesicht und tanzt, ein buckliger Rabe im Moor, stößt den Schnabel gegen die Schwester, treibt sie tiefer ins Moor. Sie versinkt. Ich schreie. Es ist wie im Traum. Mein Schrei bleibt stecken in mir. Meine Schwester versinkt.

Hoch auf dem Mast seines Schiffes gleitet der Schöne die Flußmündung abwärts. Auch er blickt aufs Moor. Durch die Stämme der Eichen, sieht er die Schwester versinken, die Beine, den Bauch in die Tiefe, die Brüste, den Hals, den schweigenden Mund, die Augen, die Stirne ins Moor und das Haar. Das Haar, eine Sonne auf braunschwarzem Grund zieht langsam ihre Strahlen ein, versinkt.

Ich sehe den schönen Fremden. Er drückt sein Gesicht in das Leintuch der Schwester. Sein Schiff fährt aufs Meer. Mit flirrenden Rudern fährt es nach Süden. Ich falle ins Farn. Erst der Mond macht mich wach.

Zitternd zieh ich die Haut, schwer schleift der Pferdekopf nach den Waldhügel abwärts zum Moor. Ich fasse die Haut. Ich schleudere sie. Der Pferdekopf fliegt. Die Haut flattert ihm nach. Bläht sich. Ein Gaul fliegt aufs Moor. Reitet das Moor. Will nicht hinunter zu ihr. Da werfe ich Steine. Wieder und wieder. Steine reiten die Roßhaut. Reiten sie tiefer ins Moor. Tiefer zu ihr unters Moor.

Heute ist der Teil des Torfs, aus dem ich den Pferdekopf zog, mit hohen Gittern umstellt. Da scharren sie, wühlen und graben, zogen vor wenigen Tagen eine Leiche ans Licht, zweitausend Jahre alt. Ich hab sie angeschaut und habe ihn erkannt, den schönen Fremden. Ja. Er ist vom Moor und von der Zeit ganz schwarz, nicht zu erkennen, doch: ich habe ihn erkannt.
In seiner Faust hielt er mein Pferdeauge. Die Bemalung war noch zu ahnen: zwei Palmen zart auf blassgrünem Hügel. Sie haben das Auge herausgebrochen aus seiner Faust.
Nun liegts unter Glas im Museum, liegt bei den Rabenmotiven. Sie haben es auf den Kopf gestellt und aus den Palmen Rabenfüße gemacht. Der schöne Fremde liegt drei Räume weiter unter Glas.

Die Götter unter dem Moor. Sie hatten die Kuh! die Frau! die Roßhaut! und waren nicht versöhnt! Sie brüllten nach mehr, warfen Blitze, warfen das Meer übers Land, rissen sich Felder, Häuser, Menschen, Gräber, den Großvater rissen sie sich. Fraßen sich voll wie die Schweine!
Ich saß im Geäst einer Esche. Unter mir stemmten die Krieger Schilde gegen die Fluten, schlugen sie Schwerter gegen die Wellen. Ich sah sie nie wieder. Schrie »Mare nostrum,« gegen den Sturm. Der trieb den Raben zu mir. Er bekam seinen Lohn.
Männer und Frauen karrten den Schlamm aus ihren zerborstenen Häusern. Der König erschien mit seinen dreckigen Kriegern. Er sprach:
»Ihr Männer! Groß ist die Not! Alle Bäuche sind leer! Wir wollen von den Göttern Prassen lernen! Uns die Wammen fülln wie sie! Starke Männer will ich um mich sammeln, Schwerter schmieden, von den Göt-

tern das Verwüsten, Rauben, Töten lernen, statt wie Hunde Wunden lecken, jaulen, statt wie Würmer wühlen im Schlamme wollen wir Schwerter schmieden! Tausend Schwerter bringen tausend Ochsen! tausend Wagen! Wir reisen nach Süden! Da wächst uns ins Maul, was wir brauchen! Männer! Nach Süden!«
Sie schmieden Schwerter und Pläne vom Süden.
Ein Frühlingstag. Ich sitze im Staub an den Stamm meiner Esche gelehnt, schau ihren tausend Schwerten nach, ihren Ochsen und Wagen. Der König voran, die goldene Krone aus Haarbüscheln all seiner Krieger. Auf blutrotem Karren drei Hexen, die Blinde aus unserem Dorfe, den Raben am Buckel. Sie rollen auf die Mittagssonne zu.
Ich schau durch mein Auge aus Glas. Als zögen sie den dunkelgrünen Hügel zu den zwei Palmen hinauf. Nehmt mich doch mit!
Ich drücke schrumplige Beeren gegen die Esche. Nehmt mich doch mit! In den Süden! Puella divina. Nehmt mich doch mit! »Mare nostrum.« Der Rabe löst sich vom Rücken der Blinden. Segelt zu mir. Sie sehen das Zeichen mit Schrecken. Hüten sich weiterzurollen. Die Hexen beschwören die Götter. Tausend Männer malen Kringel in den Sand. Der Rabe pickt meine Beeren.
Ich gehe an ihnen vorbei, hör ihre Reden.
»Da geht sie!«
»Die Kleine!«
»Die Hexe!«
»Sie hat den Raben verhext!«
»Sie geht in die Wälder!«
»Nach Süden!«
»Was soll das?«
»Sie geht unsern Weg!«

Zwei Reiter reiten mir nach.
»Der König will mit dir sprechen.«
Der König spricht: »Sprich!«
»Ich folge dem Willen der Götter. Ihr Vogel flog zu mir. Sein Schnabel zeigte nach Süden, obwohl ihm Nordwind ins Gefieder fuhr.«
»Das Kind ist närrisch!«
»Nun zieh ich nach Süden.«
»Sie zeigt uns den Weg!«
»Das Kind ist närrisch!«
»Sie ist eine Hexe!«
»Ich folge dem Willen der Götter. Folgt Ihr nicht, geh ich allein.«
»Sie ist närrisch!«
»Ich geh!«
»Laß sie gehn!«
Mein Kleid schleift übern Weg, darunter der lederne Schlauch voll schrumpliger Beern und das gläseren Ei. Ich geh.
»Mare nostrum!« Der Rabe flattert, läßt die Esche leergepickt, fliegt meinen Zauberworten nach.
»Dort! Seht nur!«
»Der Rabe am Himmel!«
»Der Göttervogel.«
»Er fliegt der kleinen Hexe nach!«
»Nach Süden!«
»Ihr nach!«
»Wir bleiben!«
»Warum denn?«
»Er fliegt bald zurück!«
Drei Reiter erscheinen. Die finden den Raben bei mir. Sie meldens dem König. Reisen heißt sein Befehl.
Wir reisen. Sieben Winter, acht Sommer. Ich habe die Winter vergessen, die Sommer alle vergessen. Das

Rollen der Wagen auf holprigen Wegen, im Regen durch Schlamm. Monströse Gestalten peitschen die Ochsen, schmieren sich Lehm in die Haare und Bärte, brüllen schaurig verstärkt durch die Schilde. Schrecken verbreiten ist ihre Lust. Das Schwert gegen alles erheben, was ihnen im Weg.
Giftiger Pilz- und Kräutersaft macht sie noch kühner. Dann sind ihnen Feinde wie Mäuse, die sich beim Anblick der furchterregenden Recken vom Nordmeer in Löcher und Wurzelwerk drücken. Dann werden ihnen vom Winde bewegte Hollunderbuschblüten im Dunkel des Waldes zu Schaumkronen auf den Wogen des Meeres. Dann lockt Vogelgesang manchen ins Dickicht, gibt ihn nicht wieder her, so daß sie die Ohren verstopfen mit Erde und Gras. Dann tanzen bisweilen die Bäume, daß einige sie für Angreifer nehmen, gegen sie kämpfen. Ich sah einen siegreichen Baum mit abgeschlagenen Ästen. Die Wurzeln bedeckte der blutige Leib seines Gegners.
Einmal! Ein Riese. Ritt vor uns her übern Kamm. Ritt einen Ochsen, gröhlte, schwang sein Schwert, als sei er mit allen Geistern des Waldes im Kampf. Auf einmal Ruh. Der Ochse reiterlos grasend, zog einen Karren. Felle darin, Waffen und Krüge. Der Riese fort. Plötzlich Rasseln. Im Brombeergebüsch lag er und blies süße Dünste von Met in den Abend. Zwölf Männer setzten ihm zwölf Schwerter auf die Nase. Er wischte sie fort. Sie banden ihn, eh er erwachte.
Der Riese gefiel mir. Die Hexen tanzten ihren Vogeltanz, stießen ihre Schnäbel in sein Brombeernest. Die Blinde warf Runenhölzer gegen ihn und las das Urteil:
»Die Götter wollen den Riesen im Rauch!« Das wollte ich nicht! Ich flüsterte die Zauberworte,

»Mare nostrum,«, schnippte eine Schrumpelbeere gegen ihn. Der Rabe ihr nach.
»Er mag ihn!«
Die Hexen sahen es anders:
»Der Rabe schlug den Schnabel gegen sein Herz!«
Also ließ der König einen Reisigthron errichten. Den mußte der Riese besteigen. Auch ich schichtete Reiser, klebte dabei Beeren gegen die Fesseln. Das sah nur der Rabe. Die Blinde warf eine Fackel, schon waberte Rauch.
»Mare nostrum.« Der Rabe. Er fliegt. Er schlägt den quellenden Rauch mit den Flügeln zur Erde, schlägt seinen Schnabel gegen die Fesseln.
»Die Götter haben sich anders besonnen! Löst ihm die Fesseln!« Ein Schwertstreich, ein zweiter. Der Riese erhebt sich, unsere Krieger werden zu Zwergen. Der Riese kniet vor den König und ist doch noch größer. Der König zieht sein Schwert, schlägt es dem Riesen über den Kopf, schlägt ihm ein goldenes Haarbüschel aus, läßt es in Baumharz gefaßt in die Haarkrone ein, hat einen Riesen zum Knecht, wie ich einen Riesen zum Freund.
Das Feuer prasselt. Die Männer begaffen den Riesen, die Weiber nicht minder. Leicht schwingt er sein Schwert, fängt eine Fliege im Flug, schlägt auf dem Teller der Hand sie entzwei, gibt mir die Hälfte. Wir essen die Fliege. Sie lachen. Die Fliege schmeckt süß. Die Hexen vergessen zu lachen, stoßen ihre Schnäbel in die Glut.
Einmal sah ich ein Bild, das ich schon einmal sah. Ein Bach. Ein bronzefarbener Mann. Er salbt seinen Körper. Ich leg mir ein Leintuch übers Gesicht, steh wie die Schwester, halte das Pferdeauge wie sie, warte und lausche. Schritte. Puella! Mein Herz springt zum

Hals. Das Auge springt auch, springt, fällt zurück in die Hand. Ein Wind weht mir das Tuch vom Kopf. Die Sonne, fort, der Schöne, auch mein Pferdeauge. Fort! Statt dessen liegt ein grauer Stein in meiner Hand. Ins Dunkel des Waldes huschen drei Weiber.
Im Vollmondlicht seh ich sie wieder, die Weiber und sehe mein Auge aus Glas. Ich sitze gekrümmt im Kopf eines Bärn auf den Schultern des Riesen. Auch der ist in Bärenfelle gehüllt. Zusammen sind wir ein Ungeheuer von Bär. Mein Auge auf moosigem Stein. Die Hexen murmeln Zauberformeln. Da treten wir aus dem Wald als ein Gott in Bärengestalt. Die Sehenden fliehen. Die Blinde bleibt. Der Bär verbeugt sich. Meine Hand spielt Bärenzunge, schleckt das Auge weg vom Stein. Wir tapsen mit der Beute fort ins Dickicht, schlafen selig wie ein Bär im Winter.
Am Morgen Geschrei in der Ferne. Wir laufen, ein Bär, durch den Nebel, zum Lager, das Lager fort, ein Wagen liegt auf der Seite, er brennt, der Waldgrund bedeckt mit Menschenfleisch, gebückte Gestalten im Nebel, der Bär zieht ein Schwert aus dem Fleischgrund, stampft auf sie zu, sie fliehn, ihre Haare zu Knoten gewunden hüpfen im Morgenlicht, hinter dem brennenden Wagen ein blutiger Zwerg, schleudert den Speer, unter mir taumelt der Riese, zertrümmert den Schädel des Zwerges, fällt, ich falle, wir fallen, ein Bär mit zwei Herzen, ich kriech aus dem Bärenkopf, ziehe dem Riesen den Speer aus dem Rücken, piss auf die Wunde, schließ sie mit Blättern und Lappen, ein Ochsengespann, summende Fliegen, auf ihrem blutroten Karren nahen die Drei, ich reiße dem Riesen die Felle herunter, werf sie ins Feuer, den Bärenkopf auch, da! Da seh ich – da seh ich den König! verbrannt! kleiner als ich! wie ein Kind! der Kö-

nig. Geschrumpft. Im Feuer geschrumpft. Ihr Karren steckt fest in den Toten. Beißender Qualm. Sie steigen vom Karren. Sie kommen. Ich schreie. Ich trete. Sechs Hände. Ich schlage. Sie werfen sich über mich. Dunkel stinkend warme Weiberfalle.
Am Himmel segelt der brennende Rabe über den leichenbedeckten Grund, »Mare nostrum,« stürzt zur Erde, pickt die Leichen auf, als wärn sie Rosinen, entzündet die Gräser, setzt die Erde in Brand. Auf den Flammen der brennenden Erde brühen drei Hexen giftigen Sud, die Wunden zu heilen. Der Sud reicht nicht aus für die Wunden. Es sterben fast alle.
Es war, wie ich träumte. Sie starben fast alle. Ein Fluß war ihr Grab. Am Ufer die letzten im Laub. Sieben zählen die Hexen. Sie lachten:
»Wie sollen wir sieben am Leben erhalten mit unsern sechs Brüsten?«
Einer der knotengeschmückten Feinde ist zwiefach. Nur eine gräßliche Wunde am Hals unterscheidet den einen vom andern. Drei weitere sterben, rollen zum Singsang der Hexen hinunter zum Fluß, ziehn mit der Strömung zum Nordmeer zurück, zu den Ahnen. Die letzten Schrumpelbeeren kriegt der Riese, daß er nicht stirbt. Ich singe, daß er nicht stirbt. Der Tod und der Riese gehorchen.
Die Zwillinge wühlen im Laub, balgen, beißen sich, kläffen und jaulen. Ich lache. Sie schnitzen mir Pfeifen aus Knochen, pfeifen darauf dem Vogelsang ähnliche Töne, lehren mich schnitzen und pfeifen.
Drei Hexen, ein Riese, ein Zwillingspaar, ich, der blutrote Karren faßte uns alle, zwei Ochsen zogen uns südwärts, Geschichten über unsre Hexenkünste, über unsre Spiele zogen vor uns her. Wo wir erschienen, kannte man uns schon.

Das letzte Spiel ist mir im Sinn, als hätten wir es gestern noch gespielt. Es war ein Sommertag an einem Fluß. Tausende am Uferhang die meisten vom Norden, vom Elend vertrieben wie wir, auf der Suche nach Land. Wir Sieben suchen nicht mehr, wir haben gefunden: wir spielen.
Der Riese den Flußgott, die Hexen drei Vögel, die Zwillinge spielen die Bestie, der eine die vordre, der andre die hintere Hälfte, ich bin die Jungfrau, sitze im Gras, schnitz eine Flöte, singe, seh nicht die Bestie, die mich umschleicht, hör nicht die Vögel, ihre Schnäbel trommeln gegen eine hohle Eiche, mich zu warnen, die Bestie duckt sich zum Sprung, da blas ich die Flöte, die Töne verzaubern das Tier, es richtet sich auf, tanzt auf den hinteren Beinen, ich sehs nicht, blase mein Lied, dann schnitze ich weiter, der Zauber verfliegt, die Bestie fällt auf die Pranken, Mordlust erwacht aufs neue, und wieder trommeln die Vögel, ich höre sie nicht, die Bestie wirft mich zu Boden, packt mich, da huscht eine Hexe heran, greift sich die Flöte und bläst, die Bestie hält inne, läßt von mir ab, neigt ihren Kopf, lauscht, da verrutschen der Hexe die Töne, Götter gehorchen ihr, Sterne und Winde, aber der Knochen will nicht, er quäkt schriller und schriller, stachelt er Mordgier, die Bestie stürzt auf die Hexe, sie flieht, die Bestie ihr nach, ich begreife, greife die Flöte und blase, das Untier muß tanzen, gehorcht meinen Tönen, tanzt und Tausende schaun auf die tanzende Bestie, sehn nicht den schleimigen Fischkopf des Flußgotts, den locken die Töne, er steigt aus dem Wasser ans Ufer, die Luft bleibt mir weg, jetzt sehen ihn alle, die Bestie springt ihm entgegen, hoch spritzt das Wasser, das Blut, der Flußgott wankt, er reißt die Eiche zu Boden, kreischend fliehen die Vö-

gel, der Gott packt die Bestie, zerreißt sie, hält je eine zuckende Hälfte, wirft sie ins Wasser, der Fluß färbt sich rot, zitternd versuch ich, die Flöte zu blasen, ich kann nicht, der greuliche Gott will mich fassen, ich schlüpf in den Eichstamm, das Monstrum mir nach, schon tauchen Pranken und Kopf in den Hohlraum des Stammes, schieben sich Brust und Bauch hinterher, dann geht es nicht weiter, nicht vor, nicht zurück, ich klettre den Hohlstamm hinauf auf die Äste, der Flußgott richtet sich auf, ein Eichbaum auf Beinen, torkelt den Uferhang aufwärts, ich sitze in seinem Geäst, blase die Flöte, die Töne treiben zum Tanze, der Eichbaum muß tanzen, Tausende tanzen ihm nach, da leuchtet das Meer, davor auf dunkelgrünem Hügel wiegen sich im warmen Wind zwei Palmen, Tausende stürmen das Meer, bewerfen den Strand mit Waffen, mit Kleidern, werfen sich selbst in die Brandung, schrein wie die Kinder, lachen und feiern den Tag, bis übern Kamm eine Kette behelmter Köpfe sich schiebt. Die römischen Reihen in funkelnder Rüstung zum Kampfe formiert. Die Krieger vom Norden stürzten ans Land, die Waffen zu greifen. Unter den Tritten der Römer wirbelt lehmiger Staub, weht unsern nackten Männern heiß in die Augen. Ein Schlachten beginnt. Die meisten erreichen die Waffen nicht mehr. Die anderen schlagen ihr Schwert blind in die staubigen Wolken, gefährlich dem Feind wie dem Freund.

Der Riese will kämpfen. Die Hexen lassen ihn nicht. Er will sich vom Eichbaum befreien. Er tobt und schüttelt mich ab. Die Hexen setzen ihm nach, die Zwillinge, alle werden verschlungen vom Staub.

In der heißen Sonne stürmt das siegreiche römische Heer unser Lager, marschiert in die Wagenburg ein.

Im flimmernden Licht rührt sich kein Leben, kein Schwert, kein Schild versperrt den Soldaten den Weg. An Wagendeichseln Frauen, erhängt. Frauen in glühendem Staub in die Schwerter gestürzt, erdrosselte Kinder. Nur ich bin am Leben. Inmitten des Lagers steh ich unter dem Leintuch, bis sie mich packen, halte das Pferdeauge, wie es die Schwester getan.
So stand ich seitdem unterm Leintuch im Land unsrer Träume, bis sie mich packten, wieder und wieder, täglich und stündlich, bis sie mich packten. Nie war es der Schöne. So stand ich unter dem Leintuch, wartend auf ihn, auf ihn, und als er – als er mir endlich, der Schöne, das Tuch, als ers mir endlich – erkenn ich ihn nicht. Erst sein Gestammel:
»Puella. Puella divina« – der schöne Fremde. Bleich geworden und fett. Ich liege unter ihm wie unter allen andern. Ist es das, was er mit meiner Schwester machte? Das? Das kann ich nicht, nein, das will ich nicht glauben. Puella divina.
Er kaufte mich frei. Mit weißen Pferden, weißem Wagen in sein weißes Haus. Dort wollte er wieder. Das. Ich wollte das nicht.
»Er hat dich gekauft. Du mußt ihm gehorchen,« sagt eine Frau. Sie spricht meine Sprache. »Er kaufte auch mich.« Sie zeigt mir sein Haus.
»Der Herr ist ein Künstler, man kennt ihn im ganzen Römischen Reich. Aus Steinen schlägt er Tiere und Menschen heraus.«
Sie zeigt mir die Steine. Auf einem reitet der Riese! den Ochsen! Aus Stein! Der zieht den Karren mit den drei Hexen! Aus Stein! Und vor dem Ochsen sind zu einem Fabeltier vereint die Zwillinge! Aus Stein! Darauf reitet und bläst eine Jungfrau die Flöte aus Knochen! aus Stein! Sie hat kein Gesicht!

»Was ist das?«
»Das ist ein Relief.«
»Das hat er gemacht?«
»Das hat er.«
»Wie kann er das können?«
»Das kann er. Er hat es aus Steinen heraus.«
»Die waren im Stein?«
»Die waren – in seinem Kopf. Er hat sie erdacht.«
»So ist er ja doch? ein Gott? Das kann ich nicht glauben.«
»Er hat sie wahrscheinlich gesehn?«
»Aber wo?«
»Im Circus.«
»Was ist das?«
»Dort spielen sie Spiele. Menschen sitzen im Kreise und schaun –«
»Was diese da spielen?«
»So ist es.«
»Zum Circus! Wie komm ich da hin?«
»Frag deinen Herrn.«
»Und die da?«
»Das ist eine Jungfrau.«
»Die hat kein Gesicht?«
»Das ist noch nicht fertig.«
»Warum?«
»Er arbeitet schon seit Wochen an ihrem Gesicht.«
»Wie geht das?«
»Das ist eine lange Geschichte. Zehn Jahre ist ihm fast jede Nacht eine Jungfrau im Traume erschienen. Er liebt sie. Seit letztem Jahr hat er den Auftrag, für das Capitol den Fries der Germanen zu schaffen. Seit letztem Jahr schneidet die Jungfrau in seinen Träumen Grimassen! Oder Eichen werfen Schatten und entstellen ihr Gesicht! Ihm gelingt es nicht mehr, sie

in alter Schönheit zu erträumen. Also muß er sie bei Tag mit seinem Griffel auf die Zeichentafel bannen. Dort unterm Tische liegen schon hundert Tafeln mit schönen Mädchengesichtern. Aber keines ist ihm schön genug. Kein einziges, so sagt er, ist dabei, das ihre Züge trifft. So muß er weiterzeichnen, zeichnen bis er seine Jungfrau aus dem Traume endlich wiederhat. Ein Freund riet ihm gestern: ›Geh zu den Huren, dort findest du alle Weiber des Römischen Reiches, auch viele vom Norden.‹ ›Wie soll ich die Reinste, Erhabenste, Schönste im Hause der Huren finden bei Weibern, die lasterhaft lächeln mit schreienden Farben bemalt, das fettige Blondhaar zu stinkenden Zöpfen geflochten?‹ sprach er und ging zu den Huren. Dort fand er dich. Dort hat er dich gekauft. Du warst die Jungfrau, du, in seinen Träumen. Du hast das Gesicht, das er suchte.«
»Das geb ich ihm nicht.«
»Er holt es sich schon.«
»Wie das?«
»Er zeichnet.«
Da sehe ich ihn hinterm Vorhang. Er hält einen Stift, kratzt mit dem Stift eine Tafel. Sklaven bringen Früchte, Wein. Er trinkt. Er will mein Gesicht. Ich geb es ihm nicht. Er gibt mir zu trinken. Ich trink nicht. Er schenkt mir die Früchte. Er will mein Gesicht für die Früchte. Ich will keine Früchte, zerdrück sie, zerquetsch sie in meinem Gesicht. Er greift mich. Ich will nicht. Ich fliehe. Er folgt mir. Fängt mich. Keucht. Umschlingt meinen Leib. Sieht mein Gesicht, erschrickt. So komme ich los von ihm. Er folgt mir durch Gänge, durch Hallen hinaus in den Garten.
Da zeig ich ihm von meinen Hexenkünsten, Hajohu! lasse mich von einem Busch verschlucken, schleiche

zurück zum Palast, finde Schwerter, Helme, Schilde, eine Pferdehaut, das Leintuch meiner Schwester! hör sein Keuchen, Hajohu! schlüpf aus dem Kleid, gebs einer der Frauen aus Stein. Mein Kleid paßt ihr gut. Ich lege ihr das Leintuch übern Kopf. Er sieht mein Kunstwerk an, vergißt sich wie damals. »Puella divina,« schlingt seine Arme um kaltes Gestein, erkennt nur mühsam seinen Irrtum, wühlt sich in mein Kleid, hört meine Zauberworte: »Mare nostrum.« Unter seiner Roßhaut lieg ich, schiebe meine Hand, sie hält das Pferdeauge, schiebe Hand, Arm, Schulter, Brüste unter seinen Blick. Sein Leib sinkt auf den meinen, fett. Das Pferdeauge blitzt in meiner Faust, trifft seinen Schädel, murmelnd rollt es über weißen Marmor hin, malt eine rote Spur.
Er liegt wie ein Fisch am Strand, glotzt, wälzt sich hin zum Pferdeauge, schaut durch sein blutiges Glas, sieht mich, ich gleite durch Marmorsäulen die Treppe hinab. Er sieht meine Schwester, Marmorsäulen werden Eichenstämme, ich winke ihm als meine Schwester, sie winkt ihm und sinkt, die Beine erst, der Leib, das Haar ins Moor.

Neun Wochen nach der schwarzbraunen Leiche des Fremden, des Schönen, des bleichen, fetten Künstlers zogen sie meine Schwester aus dem Torf. Sie liegt seitdem bei ihm in einem gläsernen Kasten, auf dem Messingschild daneben steht: MOORLEICHE EINES GERMANISCHEN MÄDCHENS UND EINES RÖMISCHEN SOLDATEN AUS DER ZEIT UM CHRISTI GEBURT.
Ihr Liebeslager, meine Pferdehaut, hängt über ihren Köpfen an der Wand. Daneben hängt das Foto des Reliefs vom Capitol. Darauf reitet ein Riese auf einem Ochsen, der einen Karren mit drei alten Weibern

zieht, und vor dem Ochsen sind zwei Jünglinge zu einem Fabeltier vereint, auf dem eine Flöte blasende Jungfrau reitet. Sie hat mein Gesicht. GERMANENTRUPPE AUS DEM CIRCUS MAXIMUS steht auf dem Schild darunter.
Doch unsere Kuh wärmt immer noch die Götter. Nicht mehr lange. Sie wühlen nach ihr.

Ich spielte die Schwester. Hinter Marmorsäulen glitt ich tiefer die Treppe hinab, glitt wie die Schwester hinter Eichen ins Moor, versank, meine Beine, mein Bauch, meine Brüste, mein Hals, mein schweigender Mund, meine Augen, mein Haar.
Auf einem Sessel lag ein weißes Tuch. Ich machte es zu meinem Kleid. Unterm Tuch die Zeichentafel mit meinem Gesicht, ich schlug sie in Stücke. Umsonst. Der Künstler hatte mein Gesicht schon im Kopf, hats aus dem Kopf und aus dem Stein herausgehaun, hat sein Relief fürs Capitol vollendet, eh er nordwärts fuhr in sein Germanien, zur Geliebten, hin zu meiner Schwester unters Moor. Dort war sein Platz. Zweitausend Jahre lang war dort sein Platz. Im Moor. Dann zog er um ins Museum.
Mein Platz war nicht in seinem Haus. Ich schlug die Tafel in Stücke mit meinem Gesicht, warf ihre Splitter nach Spatzen, verließ seine weißen Gemächer, ging ins Freie, keine Menschenseele, Rom lag in der Mittagsglut.

Nix

Es lebten drei Schwestern. Die jüngste war stumm. Sie hießen Marie, Mareil und Maruschka. Sei saßen am Straßenrand, sangen. Die stumme Maruschka spielte die Laute dazu. Die Leute gingen vorüber, warfen Geld in den Hut von Marie. Die Schwestern lebten davon, daß sie sangen:

Wir waren drei kleine Singvögelchen.
Marie, Mareil und Maruschka.
Wir schliefen noch selig im Ei,
Vater und Mutter über uns,
brüteten, sangen so schön.
Bevor der Kuckuck kam, der böse Kuckuck.

Er warf ein Ei aus dem Nest,
das Ei mit der lieben Maruschka.
Und legte stattdessen sein Kuckucksei,
sein böses Kuckucksei.
Vater und Mutter über uns, brüteten, sangen so schön.
Und merkten nichts vom Kuckucksei.

Wir schlüpften aus, und keiner sah,
daß Maruschka ein Kuckuck war.
Aber dann, als Maruschka den Schnabel aufriss,
Vater und Mutter stopfen mußten
stopfen und immer noch mehr
Und bald nicht mehr konnten und starben,
da wußten wir es.

Maruschka aus dem Kuckucksei
reißt den Schnabel auf,
kommt doch kein Ton heraus,
soviel wir auch stopfen.
Drum singen wir für Geld,

Maruschkas Maul zu stopfen.
Maruschka unser Elend, unser Kuckucksei.

Einmal sagte Mareil:
»Ich hatte heut nacht einen Traum. Ich riß die Arme zum Himmel und schrie: Ich will ein Ei! Da ist ein Vogel gekommen und hat mir ein Ei in den Hut gelegt.«
»Das war ein schöner Traum,«
sagte Marie.
»Nein«,
sagte Mareil,
»das Ei war angebrütet.«
»Iih!«
schrie Marie:
»Hätt ich einen Wunsch, ich wünschte mir auch kein Ei. Ein Honigkuchen! Einn Apfelstrutz! Ein Kirschenmichl!«
»Ein richtiger Michl!«
»Da kommt er!«
Mareil riß die Arme zum Himmel und schrie:
»Den will –!«
»Halt, halt!«
»Warum denn?«
»Schau genau! Daß das Ei nicht wieder angebrütet ist!«
»Hast recht, der stinkt aus dem Hals.«
Da gingen die jungen Männer vorüber, und keiner war recht.
»Der ist mir zu dürr.«
»Der ist blöd.«
»Der zu arm.«
»Der humpelt.«
»Der stelzt wie ein Storch.«
»Der schaut wie ein Dachs.«

Das ging, bis einer kam, der gefiel der Marie. Da riß sie die Arme zum Himmel und schrie:
»Den will ich! Den! Den oder keinen!«
Und der junge Graf blieb stehen, als hätte er plötzlich mitten in das Straßenpflaster hinein Wurzeln geschlagen. Er schaute Marie an und fragte:
»Wer bist du?«
Da kam noch einer, der gefiel der Mareil. Da riß sie die Arme zum Himmel und schrie:
»Den will ich! Den! Den oder keinen!«
Und der junge Fürst blieb stehen, als hätte er plötzlich mitten in das Straßenplaster hinein Wurzeln geschlagen. Er schaute Mareil an und fragte:
»Wer bist du?«
Da kam ein Dritter, der gefiel der Maruschka. Da riß sie die Arme zum Himmel und ihren Mund weit auf, aber es kam kein Laut aus ihrem Mund. Der junge König blieb stehen, als hätte er plötzlich mitten in das Straßenpflaster hinein Wurzeln geschlagen. Er schaute Maruschka an und fragte:
»Wer bist du?«
Und wieder brachte Maruschka keinen Laut heraus, bis endlich Marie und Mareil in die Stille hinein sagten:
»Ich bin Marie.«
»Und ich Mareil.«
»Wir singen, damit wir Maruschka das Maul stopfen können, und das ist Maruschka.«

Und alle standen sie da, als hätten sie mitten ins Straßenpflaster hinein Wurzeln geschlagen,

– bis der Graf Marie bei der Hand nahm und aufs Grafenschloß mit ihr ging.

»Und sie ist tatsächlich so gefräßig?«
»Ach, wenn wir sie nicht am Hals hätten, wir hätten gewiß nicht auf der Straße gesungen!«
»Jetzt kann ihr der König den Hals stopfen.«
»Der König? Das kann doch nicht wahr sein!«
»Wenn er sie nimmt, ist sie die Königin.«
»Königin Maruschka?«
»Das klingt schön.«
»Unmöglich! Das klingt unmöglich!«
»Und Gräfin Marie?«
»Das klingt gut.«

– bis der Fürst Mareil bei der Hand nahm und aufs Fürstenschloß mit ihr ging.
»Da habt ihr aber eine köstliche Schwester!«
»Ich weiß nicht, ob sie so köstlich ist. Kostspielig würde ich sagen. Die hat ein Maul, in das geht alles hinein, und nichts kommt heraus.«
»Jetzt kann ihr der König das Maul stopfen.«
»Der König? Das kann doch nicht wahr sein!«
»Wenn er sie nimmt, ist sie die Königin.«
»Königin Maruschka?«
»Das klingt schön.«
»Unmöglich! Das klingt unmöglich!«
»Und Fürstin Mareil?«
»Das klingt gut.«

– bis der König Maruschka bei der Hand nahm und mit ihr aufs Königsschloß ging. Sie sagten kein Wort. Sie hörten die Glocken, schauten sich an und bekamen sich lieb. Ein Bettler sang auf der Straße.

Hört ihr die Glocken vom Schlosse des Grafen?
Sie läuten zum Hochzeitsfest.
Der Graf hat ein Bettelmädchen genommen,

das auf der Straße sang. Didelum.
Hört ihr die Glocken vom Schlosse des Fürsten?
Sie läuten zum Hochzeitsfest.
Der Fürst hat ein Bettelmädchen genommen,
das auf der Straße sang. Didelum.

Hört ihr die Glocken vom Schlosse des Königs?
Sie läuten zum Hochzeitsfest.
Der König hat ein Bettelmädchen genommen,
das ist stumm wie ein Fisch. Didelum.

Nach sieben Tagen traf die Marie die Mareil.
»Grüß dich, lieb Schwesterlein! Sag, wies dir geht?«
»Ach, meine liebe Marie! Es ist wie im Märchen!«
»Ja, schöner kann es nicht sein!«
»Ich lebe im Schloß wie eine Königin.«
»Mir geht es nicht anders, Mareil!«
»Ich werde geliebt!«
»Mit einer Leidenschaft! O Gott!«
»Wenn der Fürst so weitermacht, da hab ich ihm übers Jahr einen kleinen Fürsten geschenkt!«
»Und wenn der Graf so weitermacht, da hab ich ihm übers Jahr drei kleine Wahnsinnsgrafen geschenkt!«
»Und der König?«
»Der Ärmste!«
»Wie konnte er nur!«
»Maruschka!«
»Der wird noch sein Wunder erleben!«
»Sein blaues Wunder. Das hat er verdient.«

Das Wunder geschah. Maruschkas Bauch wurde runder und runder. Das sahn ihre Schwestern und wollten auch einen Bauch, stopften sich Tücher und Hüte unter die Röcke, Blumen, Früchte, Töpfe und alles,

was sie bekamen von Händlern am Weg, und kauften am Ende drei schwarze Hunde. Die Männer rauchten Zigarren, streichelten stolz die Bäuche der Frauen und lachten:
»Der Graf hat eine famose Idee, Majestät.«
»Ein Wettspiel. Der Vater einer Tochter zahlt dem Vater eines Sohnes einen Scheffel Gold.«
»Das heißt: Bekommt der eine einen Sohn, die andern beiden eine Tochter, so zahlen die beiden je einen Scheffel Gold an den einen.«
»Für die Tochter zahlt man, für den Sohn scheffelt man.«
»Eine entzückende Idee! Nicht wahr?«
»Nun ja.«
»Und wer nicht einmal eine Tochter bekommt: Frühgeburt, Fehlgeburt, Totgeburt, Teufelsbastard und dergleichen, zahlt doppelt!«
»Ihr seid für eine Kurzweil stets zu haben.«
»Das versteht sich.«
»Top! Die Wette gilt.«

Bald wurde Maruschkas Bauch so schwer, daß sie sich niederlegte. Und auch Marie und Mareil legten sich nieder. Die Männer rauchten Zigarren und lachten:
»In wenigen Tagen werden wir Väter.«

Maruschka wand sich in Schmerzen. Zwei Söhne brachte sie zur Welt und noch eine Tochter. Die Nacht war schwarz. Marie und Mareil sprangen aus ihren Betten. Sie warfen den Plunder unter den Rökken ins Meer, schlichen ans Bett von Maruschka.
»Nehm ich den einen.«
»Nehm ich den andern.«
»Das Mädchen werfen wir ins Meer.«

»Dann gibts keinen Streit.«
»Nur Gerechtigkeit.«
»Maruschka ist stumm wie ein Fisch.«
»Nix wird uns geschehen.«
»Ins Meer mit der Tochter vom Fisch.«
Sie nahmen Maruschka die Kinder und legten ihr drei schwarze Hunde ins Bett dafür. Jede nahm einen Knaben. Das Mädchen warfen sie ins Meer. Die Männer rauchten Zigarren. Ein Fischer fuhr über das Meer.

De See is swatt. De Mand is üngergung.
Ick treck min Netz dörch de swatte See.
Wann gift datn Rucken? Wann gift datn Zucken?
Wann geit min lüttje Schipp so scheep
Vonn wunnerdicken Brassen?

Am Morgen lachte der Graf.
»Ein prächtiger Knabe! Sechs Pfund!«
Und auch der Fürst war eitel Sonnenschein.
»Ich gratuliere!«
»Ich gratuliere auch, denn Ihr seht nicht so aus als hättet ihr eine Tochter.«
»Sechs Pfund! Und alles dran!«
»Hat der König ein Mädchen, zahlt er für jeden einen Scheffel Gold!«
»Hat der König ein Mädchen,
so zahlt er zwei Scheffel!
Marie und Mareil, leben hoch!« sangen die Narren und rauchten Zigarren, bis der König kam.
»Still jetzt! Er kommt!«
»O welch ein Glück! Er kommt als Trauerkloß!«
»Mein König!«
»Majestät!«

Da sagte der König:
»Gratulation!«
»Ihr wißt es?«
»Man sieht es euch an.«
»Majestät, Ihr schaut, als hättet ihr nur eine Tochter?«
»Hätte ich eine, sänge ich mit euch.«
»So ist sie –?«
»Mein Beileid!«
»Wäre sie tot, mir wäre leichter ums Herz.«
»Um Gottes Willen!«
»Was ist geschehen?«
»Dort liegt euer Gold, für jeden zwei Scheffel. Ist das so richtig?«
»Goldrichtig.«
»Doch sagt uns!«
»Dem König hat sie drei Hunde geboren!«
»Drei Hunde?«
»Drei schwarze Hunde.«
»Entsetzlich!«
»Wie konnte sie das?«
»Ich weiß nicht.«
»Was hat sie getrieben?«
»Ich weiß nicht.«
»Und was treibt sie jetzt?«
»Das kümmert mich nicht. Krepieren soll sie im Turm mit ihren drei Hunden!«
»Sie ist aus einem Kuckucksei.«
»Sie ist nicht die richtige Schwester.«
»Mir graut vor ihr.«
Nun lebte Maruschka im Turm mit drei Hunden, und niemand wollte sie sehen.

Fernab sang ein Fischer und leerte sein Netz:

De See wör swatt. De Mand wör üngergung.
Ick trock min Netz dörch de swatte See.
Up eenmol geev datn Rucken?
Up eenmol geev datn Zucken?
Dor güng min lüttje Schipp so schepp
Vonn wunnerdicken Brassen.

Ick seh man nix, ass poor so lüttje Flunners«, sprach seine Frau. Da klaubte der Fischer ein Kind aus dem Netz.
»Wat seggst du, nix? Is dat nix?«
»Ne lüttje Deern! Ne lüttje Meerjungfru!«
»Min wunnerdicken Brassen is ne Nix!«
»O, is de seut! De wööd wi behooln.«
»Nix wööd wi behooln.«
»Wat seggst du?«
»Nix heet se, und Nix wööd wi behooln!«
»Dat will ick meenen, min lüttje Nix. Nu hebt wi doch nochn Kindchen kreegt. Dat häv ick mi doch so wünscht!«
»Dat de noch am Leeven is! Dat het wat tau bedüden, dat de noch am Leeven is!«
Die Fischersfrau gab dem Kind zu trinken.
»Nich so gierig, min lüttje Nix. O Mann, kiek, wat des wechsuupt!«
»Dat het wat tau bedüden!«

Die Jahre gingen, die Kinder wuchsen, Maruschka spielte die Laute. Das hörten die Söhne.
»Still!«
»Sie spielt schon wieder.«
»So schön wie im Traum.«

»Sie will uns verderben, hat meine Mutter gesagt.«
»Das sagt meine Mutter auch.«
»Sie ist eine Hexe, sagt sie, sie lebt mit drei Höllenhunden im Turm.«
»Das sagt meine Mutter auch.«
»Sie liebt es, Jünglinge zu verderben.«
»Das sagt meine Mutter auch.«
»Den König hat sie verdorben, da war er ein Jüngling.«
»Das sagt meine Mutter auch.«
»Was hat du geträumt?«
»Wir waren drei. Du, ich und ein Mädchen. Das Mädchen machte Musik, so schön wie die Hexe im Turm. Wir liebten sie beide und hatten doch keinen Streit um sie. Da sind unsre Mütter gekommen und haben uns fortgezogen. Wir wollten das nicht, denn sie spielte so schön.«
»Da kamen die Mütter in Wut und schlugen sie tot, verscharrten das tote Mädchen im Sand.«
»Woher weißt du das! Ich träumte dasselbe. Sie warfen Sand und Steine über sie. So wuchs ein Berg.«
»Doch je höher der Berg, desto klarer und schöner kam aus dem Berg die Musik.«
»Die Hexe im Turm spielt dieselbe Musik.«
»Gib acht! Mit solchen Träumen will uns die Hexe verderben.«
»Mir geht das Mädchen nicht aus dem Sinn.«
»Mir auch nicht.«
»So hat sie uns schon verdorben.«

Bald starben die Hunde, bald auch des Fischers Frau. Nix wurde ein schönes Mädchen, das half dem Fischer die Fische ausnehmen und sang.

Nix bün ick, nix weet ick,
wer min Vadder is nich,
wer min Modder is nich,
de Fischer fung mi in de swatte See.
Keen Minsch kann mi vertälln,
wat ick dor sökt heb.

»Wat singst du förn Tünkram?«
schimpfte der Fischer.
»dat kann ick di liges vertälln!«
»Wat häv ick dann sökt in de swatte See?«
»Din Vadder un Modder! Du hest se ook funn!«
»Dat schall ick glöben?«
»Min Fru het all lang sik en Kind so sehr wünscht. Dor bün ick hen tau de swatte See un häv di rutfischt. So wör dat west!«
»Kiek di dat an.«
»Ne Boddel.«
»De wör im Fisch west. Un in de Boddel is een Breef!«
»Een Breef?«
»Jo, dor steit – wat isn dat för ne Spraak?«
»Lot mi mol.
Ich sitze gefangen im Turm, weil ich dem König drei Hunde gebar, die Schwestern haben zwei Söhne, die Tochter warfen sie ins Meer.«
»Wat för ne Spraak!«
»So snackt de dor achtern.«
»Dor will ick hen!«
»Wohen?«
»Na dor achtern, wo de Lüd so bannich schön snakken.«
»Wo de Lüd ehr Döchter in dat Meer smieten? Dat lot man bleeven, Nix!«

»Ne ne, dat lot ick nich bleeven. Dor will ick hen! Ick ga de Küst von Torm tau Torm un roop: Leev Modder in Torm, häst du dree swatte Hunds dem König born? Häst du dissen witten Breef för din Dochter schreeven? Häst du den Breef in de Boddel makt? Häst du de Boddel smeeten in de swatte See? Lev Modder, ick will di schon finnen!«
»O ne!«
»Nu ween man nich. Wenn ick ehr funnen heb, seht wi uns wedder. Dat segg ick di.«

Marusckka spielte die Laute, da hörte sie Kratzen, da sah sie über ihrem Kopf den Kopf eines Mädchens im Fenster, der sprach:
»Leev Modder in Torm, häst du dree swatte Hunds dem König born? Häst du dissen witten Breef för din Dochter schreeven?
Ich sitze gefangen im Turm, weil ich dem König drei Hunde gebar, die Schwestern haben zwei Söhne, die Tochter warfen sie ins Meer.
Häst du den Breef in de Boddel makt? Häst du de Boddel smeeten in de swatte See?«
Da nickte Maruschka.
»Leev Modder! Nu häv ick di funn! De swatten Hunds sünd all dot, öber de swatte See het mi nix makt, ick leev. Ick hal di den Slötel vum König. Dann hal ick di rut. Dann ward dat noch gout!«
Und Nix stieg vom Turm und lief auf die Straße. Da sah sie Marie und den Grafen, Mareil und den Fürsten und hörte sie sprechen:
»Weißt du es noch? Hier sind wir beiden auf den Leim gegangen, unsern zwei Singvögelchen.«
»Aber prächtige Söhne schenkten sie uns.«
»Jeder zwei Scheffel Gold wert.«

»Marie und Mareil, könnt ihr das Lied noch?«
»Das Lied?«
»Ich bitte euch, singt es noch einmal.«
»So ohne Begleitung?«

Da klang aus dem Turm die Laute Maruschkas. Die Schwestern erbleichten. Der Fürst aber lachte.

»Da habt ihr doch eure Begleitung.«
»Nun singt auch.«
»Mir ist nicht danach.«
»Marie, laß uns singen. Nix kann uns geschehn.«
»Also gut.«

Sie sangen, Maruschka spielte die Laute.

Wir waren drei kleine Singvögelchen.
Marie, Mareil und Maruschka.
Wir schliefen noch selig im Ei,
Vater und Mutter über uns,
brüteten, sangen so schön.
Bevor der Kuckuck kam der böse Kuckuck.

Er warf ein Ei aus dem Nest,
das Ei mit der lieben Maruschka
Und legte stattdessen sein Kuckucksei,
sein böses Kuckucksei.
Vater und Mutter über uns, brüteten, sangen so schön,
Und merkten nichts vom Kuckucksei.

Wir schlüpften aus, und keiner sah,
daß Maruschka ein Kuckuck war.
Aber dann, als Maruschka den Schnabel aufriss,
Vater und Mutter stopfen mußten,

stopfen und immer noch mehr
Und bald nicht mehr konnten und starben,
da wußten wir es.

Maruschka aus dem Kuckucksei
reißt den Schnabel auf,
kommt doch kein Ton heraus,
soviel wir auch stopfen.
Drum singen wir für Geld,
Maruschkas Maul zu stopfen.
Maruschka unser Elend, unser Kuckucksei.

Da riß die alte Marie ihre Arme zum Himmel und schrie:
»Den will ich! Den! Den oder keinen!«
»Wer bist du?« fragte der Graf.
Da riß die alte Mareil ihre Arme zum Himmel und schrie:
»Den will ich! Den! Den oder keinen!«
»Wer bist du?« fragte der Fürst.
So spielten die valbernen Vier ihr altes Spiel, wie sie sich damals gefunden, bis der verbitterte König erschien.
»Macht Schluß!«
rief der Graf,
»der König!«
Da kam ein Mädchen gesprungen, riß ihre Arme zum Himmel und schrie:
»Den wüll ick! Den! Den oder keen!«
Und alle erschraken.
»Wer bist du?« fragte der König.
»Nix bün ick. Ick bün dine Dochter. Du büst min Vadder. Min Modder sitt inn Torm. Si het di twee Söhn und een Dochter schenkt. De Süsters hebt se

ehr wechnommen. Und hebt ehr dree swatte Hunds för geben. Din een Söhn het se. Und din annern het se. Und mi hebt se smeeten in de swatte See.«
»Wer ist das?« schrie die alte Marie.
»Nix, nix«, schrie Mareil, nix ist davon wahr!«
»Nix kann uns geschehen, nix!«
schrie die alte Marie und Nix sprach weiter zum König:
»Vadder, nu giv mi den Slötel!«
Da gab ihr der König den Schlüssel, und Nix lief zum Turm.
»Modder! Nun häv ick den Slötel! Nu hal ick di rut! Nu ward dat noch gout!«

Der alberne Hans

Es lebte ein Mann in einem Gartenhäuschen, der hatte drei Burschen für seinen Garten. Der erste war fast schon ein Mann. Der zweite war noch keiner, aber er gab sich ernst und wichtig, wie er es bei Männern gesehen. Der dritte war wohl noch ein Kind. Die beiden älteren meinten:
»Ein Kindskopf ist der.«
»Einfach zu albern, um es zu etwas zu bringen.«
Eines Tages sagte der Mann:
»Ich bin das Leben leid. Ich habe nur noch einen Wunsch, ein Pferd. Ich will damit ins Reich der Toten reiten wie ein Herr. Wenn ich schon hier nicht viel hermachte, so will ich es wenigstens dort wettmachen. Wer mir das prächtigste Pferd beischafft, soll alles haben, was ich besitze, den Garten, das Häuschen und alles.«
Da machten sich die beiden älteren auf den Weg, ein Pferd beizuschaffen und hatten jeder nur einen Groschen in der Tasche. Der Dritte ergriff auch seinen Groschen und lief ihnen nach.
»Was willst du?«
lachten die beiden,
»ein Pferd? Bleib lieber hier, Hans.«
»Verjag dem Alten die Schnecken. Das kannst du.«
»Aber ein Pferd schaffst du niemals herbei.«
Da meinte Hans:
»Vielleicht schaff ich es doch! So ein Pferd!«
Und lief in gehörigem Abstand weiter den beiden hinterdrein. Mit jeder Biegung des Weges wurde es dunkler und fremder, so daß sie zu singen begannen, damit die Angst sie nicht packte, auch Hans sang einige Brocken ins Lied der Großen hinein.
»Wir reisen. Wir reisen in die Welt.«
»Ich reise mit.«

»Wir sind nicht faul, wir wolln ein Gaul,
ein Gaul für unsern Herrn so gern.
Wir reisen ohne Geld.«
»Drei Groschen nicht vergessen!«
»Wir singen. Wir singen in den Wald.«
»Ich singe mit.«
»Wir sind nicht faul, wir wolln ein Gaul,
ein Gaul für unsern Herrn so gern.
Wir singen, daß es schallt.«
»Ihr prächtigen Pferde, hört ihr uns schon?!«
»Wir laufen. Wir laufen übers Moos.«
»Ich laufe mit.«
»Wir sind nicht faul, wir wolln ein Gaul,
ein Gaul für unsern Herrn so gern.
Der Hunger ist so groß.«
»Und erst der Durst!«
»Wir stolpern. Wir stolpern durch die Nacht.«
»Ich stolper mit.«
»Wir sind nicht faul, wir wolln ein Gaul,
ein Gaul für unsern Herrn so gern.
Wir stolpern, daß es kracht.«
Endlich kamen die drei an eine Bärenhöhle.
»Hier ist das Gasthaus zum Bären,« sagte der erste.
»Der Wirt hat das Licht schon gelöscht«,
meinte Hans, und der zweite fügte hinzu:
»Nur gut, daß ich beim Bärenwirt schon oft genächtigt habe. Da kenn ich mich aus. Ich führ euch in seine Besenkammer, denn auf trockenen Besen läßt sichs besser schlafen als im nassen Laub und kostet uns nichts.«
»Wir schleichen. Wir schleichen uns zum Bärn.«
»Ich schleiche mit.«
»Wir sind nicht faul, wir wolln ein Gaul,
ein Gaul für unsern Herrn so gern.
Das wern wir morgen klärn.«

Und sie schlichen sich ein Stück in die Bärenhöhle hinein, legten sich auf einen Reisighaufen und taten, als schliefen sie, bis sie den Hans bald tief und ruhig schnaufen hörten.
»Wir träumen. Wir träumen uns einen Gaul.«
»Ich träume mit.«
»Wir sind nicht faul, wir wolln ein Gaul,
ein Gaul für unsern Herrn so gern.
Viel Spaß im Bärenmaul!«
So sangen die beiden älteren leise vor sich hin, schlichen wieder hinaus in den nächtlichen Wald und ließen Hans alleine in der Bärenhöhle zurück.
»Auf nimmer Wiedersehen, Herr Bär!«
»Morgen gibts Albernen Hans zum Frühstück.«
Am Morgen war die Sonne früher auf als der Bär. Die weckte den Hans, der sich verwundert umschaute. Da war keine Besenkammer und auch kein Gärtnerbursche mehr, nur eine dunkle Höhle ging tiefer ins Felsengestein.
»Was mach ich nun?«
fragte sich Hans.
Und weil das Gebrumm aus der Tiefe der Höhle weder nach Pferden noch nach Gärtnerburschen klang, lief Hans geschwind hinaus und in den Wald hinein.
»Ich stapfe, ich stapf durch Waldesruh
den Gärtnerburschen nach.
Ich bin nicht faul, ich will ein Gaul, ein Gaul für meinen Herrn so gern, wie komme ich dazu?«
Da antwortete ihm plötzlich eine zarte Stimme, die kam aus der Gegend seiner Stiefel herauf:
»Hans, wo willst du hin?«
Er schaute hinab und sah in das freundliche Gesicht eines kleinen, bunten Kätzchens.
»Raus aus dem Wald, wo die prächtigen Pferde sind,

den beiden Gärtnerburschen nach. Wir wolln für unseren Herrn das prächtigste Pferd beischaffen.«
»Sei sieben Jahre mein Knecht, dann sollst du das prächtigste aller Pferde haben.«
»Eine wunderliche Katze«,
dachte Hans,
»aber ich will doch sehen, was wahr an ihren Reden ist. Sieben Jahre soll sich mein Herr noch gedulden. Seine Reise ins Reich der Toten wird ihm deshalb schon nicht durch die Lappen gehn.«
»Aber ich geh dir durch die Lappen. Wenn du nicht flink genug bist«,
rief das Kätzchen und schoß durch die Bäume davon. Da schoß der Hans hinterdrein und konnte gerade noch sehen, wie das Kätzchen durch das Tor einer Hollunderlaube verschwand. Der Hans hinterher.
»Wo bin ich denn hier hingeraten?«
fragte sich Hans und lief durch nicht endenwollende Laubengänge mal links um die Eck, mal rechts um die Eck. Aber so schnell er auch lief, sah er doch immer nur einen kleinen bunten Katzenschwanz um die nächste Ecke verschwinden, bis er nicht mehr konnte, und es ihm schwarz vor Augen wurde wie die Nacht. Doch seine Nacht war erfüllt von Wispern und Kichern, als tanzte eine Schar alberner Mädchen um ihn herum.
»Wo seid ihr?«
rief Hans, und sofort verstummte das Wispern und Kichern. Weiches strich um ihn wie von Katzen. Wenn er aber danach griff, war nichts da.
»Bist du es, Kätzchen?«
fragte Hans und hörte aus der Dunkelheit.
»Ja, wer denn sonst?«
»Und wer ist noch da und wispert und kichert?«

»Meine Gespielinnen.«
»Ah! Und warum ist es dunkel?«
»Weil Nacht ist, weil du schlafen sollst.«
»Ich habe Hunger.«
»Das ist etwas anderes. Da lasse ich Licht machen. Wenn du Hunger hast, lasse ich Speisen kommen. Uhi kaschuno heh zappolotti!«
Kaum hatte das Kätzchen diese fremden Worte ausgerufen, kamen auch schon eine Unzahl von kichernden und wispernden Katzen, die trugen Leuchter und Schalen mit fremden Leckerbissen.
»Schmeckts dir?«
»Nimm doch auch hiervon?«
»Gott, hat der einen Hunger!«
»Der Ärmste!«
»Hiervon hast du noch nicht. Versuch es.«
»Wie ist dir?«
»Schmeckts?«
»Ist es gut?«
»Noch nie habe ich so etwas Gutes gegessen«,
sagte Hans und konnte nicht aufhören, sich zu verwundern.
»Was bist du für eine, daß du deinem Knecht so etwas tust?«
fragte Hans, und das Kätzchen antwortete:
»Wer gute Arbeit leisten will, muß ordentlich essen.«
»Was soll ich arbeiten?«
»In der Nacht nichts. Am Tag alles, was man dir sagt.«
»Und warum wispern und kichern die Katzen?«
»Es gibt viel zu wispern, es gibt viel zu kichern, wenn wir einen suchen und schauen, ob er der Richtige ist.«
Kaum hatte Hans sich ein wenig gesättigt, schlief er auch schon wieder ein.

»Psst, laßt ihn jetzt schlafen!«
»Wie süß!«
»Nicht so laut!«
»Er schläft wie ein Murmeltier.«
»Was?«
»Von dem hier hat er am meisten.«
»Von dem nur genascht.«
»Kommt, laßt ihn jetzt schlafen.«
»Ein Küßchen?«
»Nein, laßt ihn!«
»Löscht jetzt das Licht!«
»Wie schade.«
»Schlaf schön.«
»Und schlaf süß.«
»Und träume von mir.«
»Und von mir.«
»Und von mir.«
»Untersteht euch!«
Am nächsten Morgen weckte ihn eine schwarze Katze mit weißen Pfoten und fragte:
»Wie geht es uns heute? Husch, husch aus dem Körbchen! Der Tag ist schon alt, und die Arbeit ruft. Du sollst die Hecken schneiden! Ordentlich, sauber! Hörst du, ich meine es ernst! Auf, auf! An die Arbeit!«
Da schnitt Hans die Hecken sauber und sah, daß sie kein Ende nahmen. Die Hecken säumten unendlich lange Wege, die gingen kreuz und quer und hin und her und bildeten einen gewaltigen Garten. So schnitt Hans Tage und Wochen, und wenn er glaubte, er habe den Garten sauber geschnitten, so war es doch nur ein kleiner Teil. Das machte ihn müde. Er ließ sich auf einen Haufen von Zweigen sinken, schloß seine Augen, da tauchte auch schon eine blaugraue Katze mit

buschigem Fell auf und fauchte:
»Dein Name ist?«
»Hans.«
»Was machst du?«
»Schneid Hecken.«
»Wozu?«
»Mein Herr will ein Pferd.«
»Und du?«
»Weiß nicht.«
»Geh doch mit mir nach Paris!«
»Hab nur ein Groschen.«
»Zu dumm!«
Dann schritt sie von dannen.
»Paris?«
Er war wieder wach, schnitt wieder Hecken und stöhnte:
»Ich brauche wirklich sieben Jahr, mit diesem Irrgarten fertig zu werden.«
»Bist du so unglücklich hier?«
fragte eine gelbe Katze, die in der Hecke gegenüber saß, und die Hans gar nicht wahrgenommen hatte.
»Das nicht. Die Arbeit ist hart zwar, doch mach ich sie gerne und freu mich. Sind sieben Jahre vorbei, hab ich ein prächtiges Pferd für den Herrn.«
»Du denkst wohl nur an den Herrn?«
»Wieso?«
»Ich mein nur. Was ist mit der Kleinen? der Bunten? dem Kätzchen? Du weißt schon.«
»Das nähm ich am liebsten mit mir.«
»Wohin?«
»In den Garten, den gibt mir mein Herr, er reitet fort zu den Toten. Ein Gartenhäuschen steht mitten darin.«

»Hier steht ein Schloß im Garten.«
»Wo denn?«
»Mitten im Garten. Schneidest du die Hecke weiter, kommst du bestimmt einmal hin.«
»Wie lang mag das dauern?«
»Bestimmt sieben Jahr.«
Da schnitt Hans die Hecken weiter, ob Regen, ob Sonne, ob Winter, ob Sommer er schnitt und schlief in den Nächten auf Haufen von Zweigen. Einmal erwachte er, hörte in sternklarer Nacht eine wilde Katzenmusik, die dauerte eine Minute.
Dann rief eine zarte Stimme:
»Nun aber Schluß!«
Am Tag meinte Hans:
»Es kommt mir alles bekannt vor, als hätt ich genau diese Hecke schon einmal geschnitten«,
und eine grau gestreifte Katze, die unter ihm in der Hecke saß, und die er gar nicht wahrgenommen hatte, antwortete:
»Das kann nicht sein. Hier unten ist mein Lieblingsplatz seit Jahren schon. Nie warst du mit der Hekkenschere hier. Noch nie!«
»Wie gut. Aber sag mir, wo steckt denn das bunte Kätzchen, ich hab es so lang nicht gesehn?«
»Du weißt es nicht? Das bunte Kätzchen liegt lange schon krank im Turm ihres Schlosses.«
»Hat das Schloß einen Turm? So muß er doch über die Hecken ragen. Ich kann ihn nicht sehn.«
»Dann schau dich nur um.«
Da schaute Hans sich um und sah einen goldenen Turm über den Hecken.
»Der steht an der Hecke, die habe ich gestern geschnitten.«
»O ja.«

»Wie kann das sein?«
»Das fragen wir alle. Darum ist das bunte Kätzchen so krank.«
»So muß ich zurück!«
»Das geht nicht. Es geht nie zurück. Geht immer nur vorwärts. Das ist beim Heckenschneiden nicht anders.«
»Wie komm ich denn vorwärts zurück?«
»Es führen viele Hecken zum Turm.«
Da schnitt Hans mit neuem Schwung die Hecke sauber, doch an jeder Heckenecke, -kreuzung oder -gabelung schnitt er nicht weiter wie sichs ergab, sondern überlegte genau:
»Welche Hecke führt mich am schnellsten zum goldenen Turm?«
»Soll ichs dir sagen?«
»Ja bitte!«
rief Hans und entdeckte erst jetzt eine schlohweiße lächelnde Katze, die über ihm in der Hecke saß, und die Hans ganz übersehen hatte,
»Ja, bitte, das würd ich gern wissen.«
»Das glaube ich gerne. Einer ist wie der andre.«
»Wie meinst du?«
»Alle wolln sie dasselbe, alle am schnellsten zum goldenen Turm.«
»Das laß ich nicht gelten, ich heiße Hans Anders und bin es auch wirklich.«
»Daß ich nicht lache!«
»Sag mir, wie komm ich zum Turm?«
»Küsse mich erst.«
»Dich küssen? Du bist eine Katze! Die küßt man doch nicht. Wohin denn?«
»Wohin? Auf den Mund.«
»Dann sagst du es mir?«

»Ja, sicher.«
»Und du.«
»Was ich?«
»Behältst es für dich?«
»Was soll ich behalten?«
»Den Kuß. Ich meine, der Kuß bleibt unser Geheimnis?«
»Ja sicher! Nun mach schon!«
»Mich kitzelt dein Bart!«
»Sei nicht so albern!«
»Ich lache mich schief!«
»Ein Kuß ist was Ernstes!«
»O wei!«
»Streich mir die Haare zur Seite. Ja so. Und nun küß mich!«
»Ich küsse dich.«
»Ja.«
»Nein, doch lieber nicht.«
»Dann scher dich zum Teufel, scher deine Hecken, Hans Anders!«

So schnitt er und dachte:
»Wie elend ist doch mein Tun. Wann endlich, wann? Wann endlich sind diese sieben furchtbaren Jahre vorbei?«
»Gib Obacht!«
schnarrte eine feuerrote Katze, die plötzlich so dicht vor Hans auftauchte, daß er meinte, Heckenrosen hätten sich in eine Katze verwandelt.
»Du schneidest mir alle Barthaare ab!«
»Entschuldige vielmals.«
»Schneidest sie fort, meinen Mund zu erreichen.«
»Um ihn zu küssen?«
»Ja sicher.«

»Was ihr nur habt, ihr Katzen mit euerm Geküsse?«
»Dein Kätzchen betrügen!«
»O nein!«
»Meinst du, dein Kätzchen betrügt nicht auch dich?«
»Nein, es ist krank.«
»Schon lange nicht mehr.«
»Weil ich jetzt schau, welche Hecke mich näher zum Turm bringt?«
»Gewiß nicht. Schau doch, wie weit er noch ist.«
»Warum dann?«
»Es gibt andere Männer.«
»Andere Männer?«
»Kräftige Heckenschneider, die schneiden schon dicht vor dem Turm. Das weckt deinem bunten Kätzchen neue Lebensgeister, verstehst du?«
»Andere Männer?«
»Genau.«
»Ich dachte.«
»Du dachtest, du seist hier der einzige, was?«
»Das dacht ich.«
»Wie soll denn einer all die Hecken des Gartens schneiden, wenn schon dein Herr für sein Handtuch drei Burschen gebraucht hat.«
»Aber ich.«
»Aber du?«
»Aber ich.«
»Ja?«
»Wollte es sein, der nach sieben Jahren.«
»Das bunte Kätzchen erlöst?«
»Das Pferd, das prächtige Pferd erhält.«
»Das kannst du vergessen«,
sagte die rote Katze, dehnte ihre Glieder und funkelte mit den Augen,

»vergessen!«
»Das Kätzchen hat mir das Pferd versprochen. Ihm glaub ich!«
»Drei Tage noch.«
»Was?«
»Und sieben Jahre sind um.«
»Drei Tage noch?«
»Ja. Und bist du dann nicht beim goldenen Turm, war all deine Mühe umsonst!«
»Ich will es! Ich werde es schaffen!«
rief Hans und schnitt wie der Teufel die Hecke.
»Wie willst du das schaffen, du Hosenscheißer?«
»Indem ich Hecken schneide, statt mit roten Katzen zu schwatzen.«
»Schau nur genau, dann siehst du, daß ich nicht lüge«, sagte die Katze und löste sich auf zu rötlichem Staub. Da sah Hans wirklich einen andern Heckenschneider, der warf seine Schere hoch in die Luft und schrie:
»Freu dich, mein Kätzchen! Ich hab es geschafft! Ich komme!«
und sprang in den goldenen Turm und ähnelte sehr dem einen der Gärtnerburschen.
»Ist es denn möglich?«
»Alles nur Schwindel und Zauber«,
sprach eine Katzenstimme, und Hans sah überall hin und schaute über, unter, vor, zwischen, hinter, durch die Hecken und konnte die Katze nirgends entdecken.
»Ich bins, dein Schatten«,
sagte die Stimme, und Hans sah, sein Schatten hatte zwei blitzgrüne Augen und sprach:
»Zauber und Schwindel.«
»Nun habe ich Angst«,
sagte Hans. Da hörte er einen Mann und glaubte die Stimme zu kennen:

»Heh, süßes Kätzchen!
und sah ihn. Auch der warf die Schere ins Gras und sprang in den Turm.
»War das nicht der andere der beiden Gärtnerburschen?«
stammelte Hans. Da ließ auch er die Heckenschere fallen, sank auf die Zweige am Boden und weinte und hörte erst leise, dann lauter Gesang. Er hörte seinen Schatten singen:

»Hans! Laß dich nicht schrecken!
Das meiste ist Schwindel und Zauber, Hans.
Schneide die Hecken
zum goldenen Katzenschloß sauber, Hans.

Hans! Ich bin dein Begleiter.
Ich lasse dich niemals alleine, Hans.
Schneide nur weiter!
Ich gehe mit dir über Dornen und Steine, Hans.

Hans! Du wirst mich nicht los.
Ich bleibe dir immer verbunden, Hans.
Sind Angst und Schrecken auch ungeheuerlich groß,
hast du sie doch schon fast überwunden, Hans.«

Da nickte Hans seinem Schatten zu, wischte die Tränen fort und lachte:
»Mein grünäugiger Schatten hat recht.«
und schnitt wie der Teufel die Hecke und kam gegen Abend ganz nah an denTurm, da erhob sich ein Sturm. Die Zweige der Hecke wogten, als wollten sie seiner Schere entfliehn.
»Hans! Laß dich nicht schrecken!
Das meiste ist Schwindel und Zauber, Hans.
Schneide die Hecken
zum goldenen Katzenschloß sauber, Hans.«

Sang Hans sich selber zu und schnitt nur noch besser. »Mein grünäugiger Schatten hat recht.«
Da zuckten Blitze vom Himmel und fuhren links und rechts in die Scherspitzen ein und wäre der Scherengriff nicht Holz, so hätten die Blitze Hans wohl getötet. Er schaute nach seinem Schatten, der nickte ihm zu und sprach mit seiner Katzenstimme:
»Hör, lieber Hans.«
Da kam ein Donner so laut. Kein Wort seines Schattens war noch zu verstehen, nur die drei:
»Hör, lieber Hans.«
Die machten ihm Mut. Er schnitt wie der Teufel. Am zweiten Tag führten die Hecken den Hans weit ab vom Ziel. Der goldene Turm ragte fern und blaß aus dem Heckengewirr. Da sah er im Dämmerschein sieben, die schnitten die Hecken so emsig wie er und waren dichter am Turm.

»Hans! Laß dich nicht schrecken!
Das meiste ist Schwindel und Zauber, Hans.
Schneide die Hecken
zum goldenen Katzenschloß sauber, Hans.«

Sang er sich selber Mut zu und mochte nicht schlafen. Er schnitt im spärlichen Lichtschein der Sterne. Da rauschte einer vom Himmel, riß ein mannstiefes Loch in die Erde, war wie ein offenes Grab quer über Hans seinem Weg.
»Wie soll ich da weiterschneiden?«
Sein Schatten sang die Antwort:

»Hans! Nimm deine Schere,
schaufle damit das Grab und begrabe den Stern, Hans.
Folge der Lehre:

Bosheit und Tücke des Feindes hält alles Zaghafte fern, Hans.«

Da begrub Hans den Stern mit der Schere, so sehr der auch fauchte und schrie, und schlief auf dem Grabhügel ein, als die Sonne erschien. So schlief er hinein in den Tag, der der letzte von sieben Jahren war bis weit in den Mittag. Dann sang sein Schatten:

Hans! Hörst du? Erwache!
Heute sind sieben Jahre beendet, Hans.
Greife zum letztenmale zur Schere und lache,
daß alles sich wendet, Hans.

Da wurde er wach und schnitt und sah am Abend den goldenen Turm größer und schöner denn je, sah ihn und klagte:
»Der Turm ist zu weit, um ihn vor Einbruch der Nacht zu erreichen.«
Und konnte sich nicht mehr halten, sank auf die Erde, weinte und meinte, es sei alles vergebens, bis er ein Wispern und Kichern vernahm. Durch seine Tränen glitzerte ein winzig kleines Schloß, das Hans ganz übersehen hatte. Sein goldener Turm reichte ihm grade zur Nase, obwohl er doch lag, und aus dem Turmfenster schaute das bunte Kätzchen heraus und rief:
»Hans, Hans, die sieben Jahre sind um. Das Pferd steht im Stall. Mach ihm auf!«
»Die Stalltür ist klein wie ein Hühnerloch! Das Pferd ist klein wie ein Huhn!«
rief Hans und machte die Stalltür auf. Draus sprang ein Pferd nicht größer als Hans sein Fuß, das rieb sich am Fuß, rieb sich größer, wuchs unterm Hans und hob ihn hoch in die Luft, daß er das Katzenschloß tief unter sich ließ. Das bunte Kätzchen winkte herauf.

»Auf Wiedersehn, Hans!«
»Auf Wiedersehen, Kätzchen, komm doch mit mir!«
Da sprang das Pferd schon davon, sprang über sämtliche Hecken, wie mans kaum glauben konnte so schön, und stand im Nu vor dem Garten von Hans seinem Herrn. Der saß auf der Bank am Tor und schaute übel gelaunt auf zwei Pferde, das eine hielt der erste Gärtnerbursche am Halfter, das war voller Schorf und Grind und hatte kaum Haare im Fell, das andere hielt der zweite, das war blind.
»Glaubt ihr denn«,
sagte der Mann,
»eine von diesen Schindmähren bringt mich nach drüben? Glaubt ihr mit sowas mach ich Furore im Reiche der Toten?«
»Ein Pferd ist heute schwer zu haben, Herr«, sagte der erste,
»Es sind noch die besten, die wir in sieben Jahren erspähten«, sagte der zweite.
»So wart ich auf Hans,« sagte der Mann.
»Der bringt Euch ein Seepferd«, lachte der erste.
»Der bringt Euch ein Heupferd«, lachte der zweite.
»Ich warte«, sagte der Mann.
Da hörten sie Wiehern, schauten und sahen den Hans, der sprang vom schönsten Pferd, das je einer sah.
»O Hans«, rief der Mann.
»Wo hast du das her?«
»Ein buntes Kätzchen gab es mir.«
»Er hat sich in sieben Jahren nicht verändert«, sagte der erste.
»Ist immer noch albern wie einst«, sagte der zweite,
»aber wie kam er zu so einem Pferd?«
»Sag es uns, Hans!«
»Sage die Wahrheit.«

»Ich habe dem Kätzchen sieben Jahr lang die Hecken geschnitten.«
»Der ist alberner noch als er war.«
»Der macht uns was vor.«
»Der ist mit dem Teufel im Bunde.«
»Mir ist das egal. Ich habe genug vom bescheidenen Leben. Ich reit auf der Stelle nach drüben und bin ein geachteter Mann«, sagte der Mann und schwang sich aufs Pferd.
»Das Gärtlein ist deins, Hans. Hast es wirklich verdient! DieHecken sind mächtig gewuchert. Schneid sie zurück!« rief er und ritt wie ein König für immer davon. Da sagte der erste,
»Du wirst deine Freude nicht haben, alberner Hans, wenn du die Wahrheit nicht sagst, wie du ein solches Pferd hast beischaffen können.«
»Also was ist, Hans, sprich!«
»Willst du nicht sprechen, helf ich dir nach!« sagte der erste und hob seinen Spaten,
»na, wirds bald?!«
Hans konnte nicht, wollte die Wahrheit nicht sagen. Er sah auf ein Kraut- und Diestelfeld hin. Das war mal ein Garten. Er sah einen Bretterverschlag. Das war mal ein Häuschen. Er sah in zwei böse Gesichter. Das waren mal Gärtnerburschen. Er dachte:
»Ach, könnt ich noch einmal sieben Jahre dem bunten Kätzchen die Hecken schneiden. Wie gern war ich da! Hier mag ich länger nicht sein.«
Da schlug der erste den Spaten Hans übern Kopf. Da lag er wie tot.
»Du machst uns nicht länger was vor, was Hans?«
»Du machst uns zu Erben, was Hans?«
»Du reitest bereits auf dem Hosenzwickel deinem Herrn hinterdrein, was Hans?«

»Und bleibst auch im Reiche der Toten der alberne Hans, was Hans?«
Da fuhr eine Kutsche heran, zwei Katzen hoch auf dem Kutschbock. Ein buntes Kätzchen schaute zum Kutschfenster raus und sagte:
»Komm, Hans, du gehörst ja schon lange zu mir.«
Da sprang der Hans auf die Beine, als sei nichts gewesen und sprang in die Kutsche und fuhr durch das Land vorbei an zwei glotzenden Burschen, die hielten zwei Pferde, das eine war blind, das andre voll Grind, vorbei an einer Bärenhöhle und quer durch den Wald und durchs Tor der Hollunderlaube und weiter durch sauber beschnittene Hecken zum Schloß mit dem goldenen Turm. Die waren jetzt groß, das Schloß und der Turm, denn während der Kutschfahrt war aus dem Kätzchen ein Mädchen geworden, das hätte nie und nimmer mehr in das Katzenschlößchen gepaßt, geschweige die andern, die vielen Gespielinnen.
Das war die Geschichte vom albernen Hans. Woher ich sie weiß? Auch ich war verzaubert, war eine Katze, schattengrau saß ich in Hans seinem Schatten, da sah ich alles, und niemand sah mich, es sei denn zwei blitzgrüne Augen. Darum weiß ich alles.
Warum ich in Hans seinem Schatten gesessen und Hans seinen Schatten niemals verließ? Ich wollt uns vom Zauber befreien, die Hexe besiegen. Die habt ihr kennengelernt als rote Katze, als Blitze, als Donner, als Stern. Nun liegt sie im Garten begraben.

Nun liege auch ich gern im Garten im Schatten des Königs und seiner zarten, bunten und freundlichen Frau, erzähl ihnen oft die Geschichte vom albernen Hans.

Der singende Knochen

Die Spielfläche ist eine Art Schachbrett auf einem Tischchen, hinter dem der Erzähler sitzt, und die Personen vorstellt: eine Pfeffermühle, ein Glas, zwei unterschiedliche Rotweinfläschchen, eine Kerze, eine Streichholzschachtel aus der drei Streichhölzer schaun, ein Würfelbecher mit drei Würfeln und ein Salzstreuer. Der Erzähler stellt die Personen vor und setzt sie, während er sie sprechen läßt, wie Spielsteine eines Brettspiels.

ERZÄHLER
Das sind die Personen:

Der alte König
mahlt und verstreut seinen letzten Pfeffer.
Des Königs Tochter
fühlt sich so leer, sehnt sich und weiß nicht wonach.
Boff und Plip,
zwei arme Brüder auf der Jagd nach dem Glück.
Die Sängerin einer Tanzkapelle
brennt, wenn sie singt.
Drei Musikanten bringen die Sängerin zum Singen.
Die Bauern rappeln von früh bis spät in der Scheune.
Ein Männlein streut Salz.

ALS KÖNIGSTOCHER Mein Vater, der König,
liegt lang schon zu Bett.
Zwei Feinde hält er gefangen im Turm,
die singen so laut. Wie soll er da schlafen?
ALS KÖNIG Wie soll ich da schlafen?!
ALS BOFF Im Walde haust ein Schwein,
ein schwarzes Schwein so wild,
das nachts bei Vollmondschein
so rauh, so schaurig brüllt,

das alles von oberst zu unterst schmeißt,
den Jägern des Königs den Bauch aufreiß
noch keinen von ihnen am Leben ließ.
Wer ist das nächste Opfer des tückischen Viehs?

KÖNIG Ruhe, ihr Hundesöhne! Ich laß euch die Zungen rausschneiden!

PLIP Im Walde, wo er am tiefsten ist,
da grunzt es und schnurchelt im Schweinemist,
bis der Vollmond kommt und die Bestie weckt,
die sich ächzend reckt, ihre Zähne bleckt,
noch nie einen Jäger am Leben ließ.
Wer ist das nächste Opfer des tückischen Viehs?

KÖNIG Ich laß euch in Stücke schneiden und braten! Gebt ihr nicht Ruhe, ich tus!

BOFF Die modrige Luft durch die Nüstern saugt es,
mit scharfen Hufen den Waldboden paukt es,
geleitet von süßen Menschengerüchen,
von Angstgebeten, Verwünschungen, Flüchen,
stinkend nach Pocken, Pest, Teufelskot,
Verderben zu bringen, Unheil und Tod,
das Schwein, das noch jedem den Bauch aufriß.
Wer ist das nächste Opfer des tückischen Viehs?

KÖNIG Schweigt, oder ich setze euch aus in den Wald!

KÖNIGSTOCHTER Hah, da ist Ruh.
Aber der Schlaf will nicht kommen,
Die Brüder schnarchen so laut.

KÖNIG Zersägen die letzte Ruhe!

KÖNIGSTOCHTER Der König liegt wach,
bis ihm der Kragen platzt,
bis er sein Fenster zertrümmert und schreit
gegen den schnarchenden Turm.

KÖNIG Im Wald ein Schwein so wild,
das nachts so schaurig brüllt,

das alles von oberst zu unterst schmeißt,
das meinen Jägern den Bauch aufreißt,
das holt euch sogleich aus dem Bett!
Ich sag euch: ihr kriegt euer Fett!
Die Moderluft saugt es, den Waldboden paukt es
und bringt euch Verderben, Unheil und Sterben.
Wartet nur! Gleich gehts euch mies!
Denn ihr seid die nächsten Opfer des Viehs!
Ihr Schnarchsäcke seids!
Hinaus aus dem Turm in den Wald!
Da gibts einen Braten von ganz besonderem Reiz,
den macht ihr heiß, oder er macht euch kalt.
Und wer das Mörderschwein fängt und brät,
bekommt meine schöne Tochter zur Frau.

KÖNIGSTOCHTER Vater!

KÖNIG Und wer dem Vieh vor die Hauer gerät,
der macht in der Nacht nie mehr Radau.

KÖNIGSTOCHTER Vater, höre ich richtig?
Ich soll einen Feind von Euch frein?

KÖNIG Tochter, kein Mann ist so tüchtig,
die Bestie zu töten.

KÖNIGSTOCHTER Ein Stein
fällt mir vom Herzen.
Und sollts ihm
dennoch gelingen, was dann?

KÖNIG So wird aus dem Feinde ein Sohn mir
und dir ein tüchtiger Mann.

KÖNIGSTOCHTER So wird aus dem Feinde ein Sohn
dir und mir ein tüchtiger Mann.

KÖNIG So werden aus Schnarchsäcken Leichen.

KÖNIGSTOCHTER So werden Feinde zu Staub.

KÖNIG So wird aus Schweinsvieh ein Braten.

KÖNIGSTOCHTER So wird aus mir eine Braut.

KÖNIG So wird aus der Not eine Hochzeit.

KÖNIGSTOCHTER So wird aus dem Elend mein Glück.
KÖNIG So wird aus dem Wildschwein ein König.
KÖNIGSTOCHTER So wird aus der Bestie mein Schatz.
KÖNIG So wird aus dem Lärm endlich Ruhe.
KÖNIGSTOCHTER So wird aus dem Mörder im finsteren Wald.
KÖNIG Noch Jubel und Trubel im Reiche.
BOFF So wird aus dem Wirt,
dem der Suffkopf schwirrt,
eine gründlich besoffene Leiche.
PLIP Du meinst, jetzt gehts uns an den Kragen, Bruder Boff?
BOFF Es sieht so aus, Bruder Plip.
PLIP Hörst du den König? Er kommt mit rasselnden Kriegern!
BOFF Hörst du? Sie öffnen den Turm!
PLIP Sie treiben uns in den kalten Morgen hinaus!
KÖNIG Hinaus mit euch in den Wald!
BOFF Dort macht uns eine Wildsau kalt!
KÖNIGSTOCHTER Die Freiheit winkt!
BOFF Die Dame hinkt!
PLIP Es winkt der Tod.
BOFF Der grinsende Deets, der stets
mit deinem Ende droht.
KÖNIGSTOCHTER Es winkt die Liebe,
das Glück, so süß.
KÖNIG Denn wer das Schwein erschlagen kann, wird König.
KÖNIGSTOCHTER Wird mein lieber Mann.
BOFF Du meinst, wenn ich das wilde Schwein erschlage.
KÖNIG Ist die Tochter dein.

PLIP Wenn aber ich die Bestie töte?
KÖNIGSTOCHTER Wirst du an meiner Wangen Röte
erkennen, daß die Liebe mich ergriffen hat zu Dir.
PLIP Zu mir?
KÖNIGSTOCHTER Wie heißt du?
PLIP Plip.
KÖNIGSTOCHTER Ja, Plip, zu dir.
PLIP Ich lieb dich schon.
KÖNIGSTOCHTER Dann geh nicht fort.
PLIP Drum will ichs wagen.
KÖNIGSTOCHTER Das ist Mord.
BOFF Erschlage ich das wilde Schwein.
KÖNIG Sollst du der neue König sein.
PLIP Auf gehts. Komm Bruder Boff.
Wir wolln das Vieh erschlagen.
Auf Wiedersehen! Bald bin ich zurück!
KÖNIGSTOCHTER Auf Wiedesehen!
Ich wünsche dir Glück!
PLIP Bis bald schon in wenigen Tagen.
BOFF Merkst du es nicht?
PLIP Nein, was denn?
BOFF Sie will deinen Tod.
PLIP Das kann ich nicht glauben.
BOFF Bruder Plip,
du willst doch einer alten Schnepfe wegen
dich nicht so jung schon in die Erde legen.
PLIP Hast du die Augen nicht gesehn? So leuchtend
braun?
BOFF Zwei solche Dinger haben alle Fraun.
PLIP Den roten Mund. So schön, so schön.
BOFF Hör auf zu faseln. Schau. Man kann ihn schon
sehn.
PLIP Wen?
BOFF Den Wald, der dein Ende bedeutet.

PLIP Ein Band am Horizont so blau.
Horch, wie die Glocke läutet.
BOFF Sie wird deine Totenglocke sein.
PLIP Wie schön, die Wiesen im Sonnenschein.
BOFF Mich wird es niemals bezwingen.
PLIP Hör, Bruder Boff, die Vögel singen!
BOFF Ich hör nur das Grunzen der Bauern im Mist.

Der Erzähler läßt die Würfel im Würfelbecher rappeln.

BAUERN Im Wald da haust ein Schwein,
ein schwarzes Schwein so wild,
des nachts bei Vollmondschein
so rauh, so schaurig brüllt,
das alles von oberst zu unterst schmeißt,
den Jägern des Königs den Bauch aufreißt,
noch keinen von ihnen am Leben ließ.
Du bist das nächste Opfer des tückischen Viehs?

BOFF Ich will eine Eiche besteigen.
Da kommt keine Wildsau hinauf.
PLIP Hast du gesehn, wie sie lachte?
BOFF Daß einer so dumm ist, ihr Märchen glaubt.
PLIP Du meinst?

Der Erzähler läßt die Würfel im Würfelbecher rappeln.

BAUERN Im Wald, wo er am tiefsten ist,
da grunzt das Schwein im Schweinemist,
bis der Vollmond kommt, das Untier weckt,
das sich ächzend reckt, seine Zähne bleckt,
noch keinen Jäger am Leben ließ.
Du bist das nächste Opfer des tückischen Viehs?

BOFF Sie lachte, daß du dir den Bauch aufreißen läßt, für ein paar süße Worte.
PLIP Da sagst du es auch, ihre Worte waren süß.
BOFF Wie Gift.
PLIP Wie Himmelsklang.

Der Erzähler läßt die Würfel im Würfelbecher rappeln.

BAUERN Die modrige Luft durch die Nüstern saugt es,
mit scharfen Hufen den Waldboden paukt es,
geleitet von süßen Menschengerüchen,
von Angstgebeten, Verwünschungen, Flüchen,
stinkend nach Pocken, Pest, Teufelskot,
Verderben zu bringen, Unheil, Tod,
das Schwein, das noch jedem den Todesmarsch blies.
Du bist das nächste Opfer des tückischen Viehs?

BOFF Nun sind wir am Waldrand.
PLIP Schön ist es hier.
BOFF Dort hinter den Weiden ein Haus.
PLIP Hörst du die Geigen?
BOFF Siehst du die Mädchen? Da laß ich die Eiche.
PLIP Willst du denn nicht die schöne Königstochter zur Frau?
BOFF Schau die tanzenden Mädchen. Alle sind schön. Und keine will deinen Tod. Hier bleib ich.
MUSIKANTEN Auf geht es. Rot ist der Saft,
der uns den Fidelbogen strafft.

Der Erzähler zündet mit einem Streichholz die Kerze an.

SÄNGERIN Tanze mit mir, tanze, tanze geschwind.
Bald schon hast du das Zwicken am Bein.
Tanze, solange die Mädchen dich locken
im Sommerwind.
Hören sie auf, dich zu locken,
lockt dich Freund Hein,
fidelt zum Tanze, öffnet dir grinsend den Schrein.

Lausch auf mein Lied, tanze solange du kannst,
laß deine Mühsal, lasse den Knochenmann stehn.
Schau wie dein Mädchen
so liebreizend lächelt und tanzt.
Horch, Klarinetten kreischen und jubeln so schön.
Tanz, Bruder, tanze bevor ihre Töne verwehn.

PLIP Leb wohl, Bruder Boff, ich geh in den Wald.
BOFF Stirb wohl, Bruder Plip, bald bist du kalt.

Der Erzähler löscht mit der Flasche die Kerze.

PLIP Ich lauf in den Wald.
Ich bin mit den Vögeln allein
und dem dunkelgrünen Gelichter.
Hab Angst, seh im schwindenden Dämmerschein
grauslige Teufelsgesichter.
Doch über allen schwebt
das Gesicht meiner Liebsten.

Da plötzlich schaut ein Hutzelgesicht aus dem Farn.
MÄNNLEIN Wer bist du? Was suchst du?
PLIP Das wütende Schwein.
MÄNNLEIN Du kommst mir gelegen. Nimm diesen Spieß, stoße ihn gegen die Bestie. Dein Herz ist gut, drum soll das Glück auf deiner Seite sein.

PLIP Da bin ich im Wald allein mit den Schatten dunkler Gewächse und Wesen, halte den Spieß in der Faust. Da hör ich von Ferne Klabastern und sehe im letzten Dämmerschein ein Ungetüm, schwarz. Das rauscht in blinder Wut auf mich zu und rauscht in den Spieß hinein, daß ihm sein Herz entzweigeschnitten wird, links, rechts vom Spieß ein halbes Herz. Das wilde Schwein ist tot wie eine Maus. Ich ziehs am Spieß zum Wald hinaus, da hör ich die Geigen und seh meinen Bruder Boff. Der tanzt mit den Mädchen. Doch über allen schwebt das Gesicht meiner Liebsten.

MUSIKANTEN Auf gehts. Rot ist der Saft,
der uns den Fidelbogen strafft.

Der Erzähler zündet mit einem Streichholz die Kerze an.

SÄNGERIN Ich habe geträumt von dir.
Du bist mir im Wachen erschienen.
Ich bin nicht mehr fern von dir.
Bald halt ich dich wirklich im Arm.

Du hast mir ins Kissen geraunt.
Dein Lied war im Rauschen der Bäume.
Ich bin nicht mehr fern von dir.
Bald höre ich, wie du mir sagst:

Ich habe gewartet auf dich.
Ich wußte, du kommst einmal wieder.
Nun liegst du bei mir und lachst,
und singst gemeinsam mit mir:

Wir waren so lange getrennt.
Nun bleiben wir immer zusammen.
Nun scheidet uns nur noch der Tod
ein Weilchen und dann niemand mehr.

PLIP Ich habe das Wildschwein erlegt.
BOFF Ich bin lustig vom Wein und vom Tanz.
PLIP Ich eile aufs Schloß.
BOFF So bleib doch und feier mit mir.
PLIP Nein. Bruder Boff, es zieht mich zu ihr.
BOFF Wie siehst du denn aus, Bruder Plip,
voller Borsten und Dreck.
So wirst du der Braut nicht gefallen.
Bleib noch ein Weilchen und mache dich schön.
Setz dich. Der Wein macht dich stark.
Der Wein macht dir feurige Augen.
Das lieben die Mädchen.
Das liebt auch gewiß deine Braut.
PLIP Ich trinke ein Glas.
Ich wasche mich im Bach bei der Brücke.
Auf silbrigen Wellen rauschen zu Tal
Borsten und Dreck. Mein Herz lacht vor Freude.
Bald halt ich die Liebste im Arm.
BOFF Du glaubst, du wirst König?
PLIP Ich bin es ja schon.
BOFF Ein guter Schlag, schon bist du ein toter Narr,
und dein Bruder ist König.

Der Erzähler schlägt mit der einen die andere Flasche in Scherben.

PLIP Was ist das? Alles wird schwarzdunkle Nacht.
Doch über dem Dunkel schwebt das Gesicht meiner Liebsten. Was ist das? Ihr Lächeln. Jetzt schluckt es die Nacht.

BOFF Das war Bruder Plip. Die Geigen hört er nicht mehr. Ich grab ihm ein Grab unterm Bach.

Der Erzähler wischt bis auf eine alle Scherben vom Brett.

Sein Wasser geht drüber hin, und niemand kann es entdecken.
MUSIKANTEN Auf gehts. Spieln wirs nochmal.

SÄNGERIN Ich habe geträumt von dir.
BOFF *fällt mit ein.*
Ich bin nicht mehr fern von dir.
Du bist mir im Wachen erschienen.
Bald halt ich dich wirklich im Arm als dein König!

Du hast mir ins Kissen geraunt.
Dein Lied war im Rauschen der Bäume.
Ich bin nicht mehr fern von dir.
Bald höre ich, wie du mir sagst als meine Königin:

Ich habe gewartet auf dich,
Ich wußte, du kommst einmal wieder.
Nun liegst du bei mir und lachst,
und singst gemeinsam mit mir:

Wir waren so lange getrennt.
Nun bleiben wir immer zusammen.
Nun scheidet uns nur noch der Tod
ein Weilchen und dann niemand mehr.

Der Erzähler löscht mit der Flasche die Kerze.

Nun liegt Bruder Plip unterm Bach.
Ich habe ihn gründlich begraben,
trage sein Wildschwein aufs Schloß,
setz mir die Krone aufs Haupt.

Da bin ich!

KÖNIGSTOCHTER *Du* bist zurück?

BOFF Ja. Ich.

KÖNIGSTOCHTER *Du* hast das Wildschwein erschlagen?

BOFF Wills jetzt zum Hochzeitsfest braten.

KÖNIGSTOCHTER Plip? Dein Bruder? Wo ist er?

BOFF Im Wald. Dem hat das Wildschwein den Bauch aufgerissen. Nun liegt er und modert.

KÖNIGSTOCHTER Wo?

BOFF Das kann ich nicht sagen.
Ich hörte sein Schrein.
Dann brach aus dem Dickicht das wütende Schwein.
Ich kämpfte es nieder.

KÖNIGSTOCHTER Komm mit mir. Wir müssen ihn finden, daß er nicht modert im Wald.

BOFF Nein. Nimmermehr geh ich zurück in die grausige Hölle. Ab heut bin ich König. Da ist mein Platz nicht im Wald.

KÖNIGSTOCHTER Still! Hörst du das Singen?

BOFF Das Singen?

KÖNIGSTOCHTER Weit in der Ferne.

BOFF Ich hör nichts.

Der Erzähler nimmt die Flaschenscherbe als singenden Knochen.

DER SINGENDE KNOCHEN
Leg mich, leg mich, leg mich dazu,

dann laß ich das Singen, dann komm ich zur Ruh.

KÖNIGSTOCHTER Es zieht mich zum Wald.

BOFF Laßt uns erst die Hochzeit feiern, das Wildschwein braten, fressen und saufen, dann helf ich dir suchen.

KÖNIG Willkommen, mein Sohn!

BOFF Das Schwein ist erschlagen. Es brennt schon das Feuer. Bald ist es gebraten.

KÖNIG Nimm meine Krone. Feiert die Hochzeit. Feiert den König!
Und laßt es uns schmecken!

Der Erzähler läßt die Würfel im Würfelbecher rappeln.

BAUERN Feiert die Hochzeit. Feiert den König! Lang soll er leben!

Der Erzähler leert den Würfelbecher und zählt die Augen der Würfel.

(Fünf) mal (drei) mal (sechs) Jahre lang! Und laßt es uns schmecken!

KÖNIG Tochter! Du meinst?

DER SINGENDE KNOCHEN
Lege mich,
leg mich, leg mich dazu,
dann laß ich das Singen.

KÖNIGSTOCHTER Hört ihr?

BOFF Ich hör nichts.

KÖNIG Das Plätschern des Baches.

DER SINGENDE KNOCHEN Dann komm ich zur Ruh.

KÖNIGSTOCHTER Das sind meine Tränen, die fallen ins Wasser, sie tanzen hinunter zur Brücke, ich tanz ihnen nach.

BOFF Bleibe! Ich bin dein Mann!

KÖNIG Gehorche ihm! Er ist jetzt König!

KÖNIGSTOCHTER Ich kann nicht! Bin gleich zurück!

DER SINGENDE KNOCHEN Ich habe das Wildschwein erlegt. Mein Bruder hat mich erschlagen. Hat mich im Bachbett begraben unter der Brück. Nun will er ins Bett meiner Braut und wird König. Nimm diesen Knochen und lege ihn zwischen das Paar.

KÖNIGSTOCHTER Da seh ich im Bach einen Knochen, der singt.

DER SINGENDE KNOCHEN Lege mich, leg mich, leg mich dazu, dann laß ich das Singen, dann komm ich zur Ruh.

KÖNIGSTOCHTER Da fisch ich den Knochen aus dem Bach. Da ist der Tag schon vorbei. Trag ihn im Brautkleid nachhaus, gehe zu Bett. Da ist die Nacht schon angebrochen. Da leg ich den Knochen aufs Laken. Und wie er mich greift als seine Frau.

BOFF Was bist du so hart?

KÖNIGSTOCHTER Bekommt er den Knochen zu fassen, der singt ihm ins Ohr.

DER SINGENDE KNOCHEN Ich bin ein Stück von deinem Bruder Plip.

KÖNIGSTOCHTER Da packt Bruder Boff ein eisiger Schrecken. Da packt ihn der Tod, stößt ihn unter den Bach bei der Brücke.

Der Erzähler stößt die Scherbe gegen die Flasche, daß beide vom Brett fallen.

KÖNIGSTOCHTER
  Sein Bruder Plip ist der König.

Der Erzähler holt eine zweite der zerschlagenen gleiche Flasche hervor und setzt sie zum Glas

KÖNIGSTOCHTER
  Der liegt so warm mir im Arm.
  Ich flüstere: Plip. Und Plip gibt zur Antwort:
PLIP Ja, Liebste, ich bin es.
KÖNIGSTOCHTER Da ist die Nacht schon vorbei.
  Da blinzelt die Sonne über den Berg.
  Ich sehe dich. Plip.
PLIP Ich lebe wie nie.
KÖNIGSTOCHTER Ich lieb dich wie nie.
MUSIKANTEN Auf geht es. Rot ist der Saft,
  der uns den Fidelbogen strafft.

Der Erzähler zündet mit einem Streichholz die Kerze an.

KÖNIGSTOCHTER Ich habe gewartet auf dich.
  Ich wußte, du kommst einmal wieder.
  Nun liegst du bei mir und lachst.
  Ich lausche dem Lied, das du singst.

Der Erzähler öffnet die Flasche und füllt das Glas mit dem Rotwein.

PLIP Wir waren so lang getrennt.
  Nun bleiben wir immer zusammen.
  Nun scheidet uns nur noch der Tod
  ein Weilchen und dann niemand mehr.

KÖNIGSTOCHTER Ich habe dich wiedergewonnen.
PLIP Ja.
KÖNIGSTOCHTER Ja.
PLIP Ja.
KÖNIGSTOCHTER Da ist der Tag schon zerronnen.

Der Erzähler pustet die Kerze aus.

Steinhauers Fuß

»Ach wär ich doch nicht die Tochter des Königs! Dann nähm ich den Jüngling zum Mann, der vorm Schloßtor die Steine behaut. Den lieb ich und nie einen andern,«
so singt sie und kommt nicht zur Ruhe. Da hört sie hallende Schritte tief in der Nacht.
»Wer ist das? Niemand hat Zugang zum Schloßturm! Ach, wenns doch der Steinhauer wär und mich raubte!«
»Wer ist da?«
ruft auch ihr Vater der König, dessen Schlafraum unter ihrem liegt.
»Wer ist da?«
Dann hört sie zarte, schwelgende Töne, schlüpft aus dem Bett, schleicht barfuß die steinerne Turmtreppe abwärts, sieht eine schwarze Gestalt am Bett ihres Vater, die streicht über eine Sense hin und singt:
»Lausch dem Klang
meiner Sense. Sie ruht
schon so lang.
Ruh macht sie stumpf.
Nichts macht sie so blank,
so scharf und so gut
wie dein Hals und dein Rumpf
und dein sprudelndes Blut.«
»Verschon mich!«
»Wie komm ich dazu?«
»Mein Leben ist noch nicht fertig. Ich muß noch den Unhold vertreiben, der hat im Steinbruch Quartier.«
»Ein köstlicher Witz!«
»Es ist mir kein Witz.«
»Der Unhold bin ich.«
»Du bist der Unhold? Du singst wie ein Engel.«
»Ich habe im Steinbruch Quartier.

Meine Sense ist rostig und stumpf.
Weil du nicht kommst, komm ich zu dir.
Nichts macht sie so blank, so scharf und so gut
wie dein Hals und dein Rumpf
und dein sprudelndes Blut.«

»Da weiß ich was Bessres, verschon mich, dann schick ich dir Jünglinge haufenweise zum Steinbruch. Das macht deine Sense noch schärfer.«

»Für jeden Jüngling, den du mir schickst, lebst du ein ganzes Jahr länger.«

»Wir verstehn uns.«

»Wie schön!«

»Da schick ich dir hundert.«

»Wohlan!«

spricht der Schwarze und geht. Die Tochter des Königs huscht die Turmtreppe hoch, fällt auf ihr Bett und weint:

»Nun werd ich ihn niemals bekommen.«

Der König läßt wissen:

»Wer den Unhold im Steinbruch besucht, bekommt meine Tochter zur Frau und wird König.«

Als das der junge Steinhauer hört, läuft er zum König.

»Ich will der erste im Steinbruch sein.«

»Warum wohl?«

Er sagts nicht. Er muß es nicht sagen. Es haben ja alle gesehen. Gestern. Die Tochter des Königs. So jung! So schön! Sie schaute ihm zu. Er schlug so lang auf einen Stein, bis der seinem Kopf glich. Er wagte nicht, aufzuschauen. Erst als er glaubte, sie sei längst fort, blickte er hoch, sah sie, wie sie errötete, wie sie erst jetzt durch das Tor sprang und blieb doch in seinem Kopf, in seinem Herzen zurück.

»Du willst den Unhold besuchen?« freut sich der König.

»Das will ich.«
Da kommt die Königstochter, wirft einen Apfel auf ihn. Er fängt ihn, wird nun auch vor lauter Liebe apfelrot, läuft so schnell er nur kann den kürzesten Weg zum Unhold, denn viele wollen wie er die Tochter des Königs zur Frau.
»Der erste wird sie gewinnen. Ich will es sein.
Es ist wohl noch keiner wiedergekehrt
aus dem Steinbruch,
aber es ist auch keiner so jung und so stark!
Es ist wohl noch keiner wiedergekehrt,
aber es hat auch keiner den Steinhauerhammer dabei.
Es ist wohl noch keiner,
aber es hat auch keiner
den Apfel so rot für den Mut.
Drum will ich der erste sein,
der wiederkehrt aus dem Steinbruch!«
So singt er und beißt in den Apfel und beißt im Kerngehäuse auf Papier, faltet es auf und liest:
»Geh nicht in den Steinbruch. Ich habe den Unhold gesehen. Er ist der Tod. Ich will dich am Leben, weil ich dich liebe. Liebst du mich auch, wirst du nicht gehn.«
Da macht der Steinhauer kehrt, geht vor das Schloßtor und schlägt seinem Steinkopf sechzehn Buchstaben ein in die Stirn.
Als der König zum Tor kommt, sieht er den Jüngling.
»Was treibst du hier noch und bist nicht im Steinbruch?«
»Ich muß erst die Arbeit verrichten, eh ich die nächste beginne.«
»Jünglinge kommen von nah und fern.«
»Das glaub ich, denn Eure Tochter ist schön.«
»Schau sie dir an. Willst du sie nicht zur Frau?«

Da sieht er sich um. Da steht sie. Da schaut er sie an. Die Sonne spielt mit ihrem Haar. Er sagt:
»Ich will.«
»Ein andrer wird sie bekommen, wenn du hier Steine behaust. Was steht dem Kopf auf der Stirn? ICH LIEBE DICH AUCH. Was soll das?«
»Ich liebe sie auch wie sie mich.«
»Wen? Meine Tochter?«
»Ja.«
»Du liebst ihn?«
»Ja Vater, ich will keinen andern!»
»Du hättst ihn bekommen, hätt er den Unhold besucht. Nun ist es zu spät. Feigheit und Ungehorsam gehören bestraft. Er soll heute Nacht ohne Waffe im Steinbruch verbringen.«
»Dann gehe ich mit ihm.«
»Sperrt sie in den Turm! Bringt ihn zur Nacht in den Steinbruch!«
Wie es der König befiehlt, so geschieht es. Soldaten bringen die Tochter des Königs zum Turm, sperren sie ein. Die Sonne geht unter. Soldaten bringen den Jüngling zum Steinbruch.
»Viele haben den Unhold besucht, keiner ist wiedergekommen. Schaue nach ihnen.«
»Ich werde euch morgen berichten.«
»Schön wär es! Wir wünschen dir Glück.«
Es ist eine mondlose Nacht.
»Heh, Unhold, wo steckst du? Ich kann meine Hand vor Augen nicht sehen. Mach mir ein Feuer. Ich komm dich besuchen!«
»Ich habe geschuftet den langen Tag. Laß mich jetzt ruhn.«
»Geschuftet? Man hat dich besucht, was gabs da zu schuften?«

»Nichts ist schwerer zu ertragen als eine Reihe von lustigen Tagen.«
»Man schickt mich nach deinen Besuchern, wo sind sie?«
»Sie schlafen.«
»Dann will ich nicht stören. Der König hat mir gesagt, bei dir sei es lustig zur Nacht. Er hat sich gründlich geirrt. Schlaf weiter. Ich komme bei Tag einmal wieder.«
»Nun bleib schon! Wir trinken ein Fläschchen zusammen.«
»Ich hör deine Schritte? Ich denk, du willst ruhn? Du kommst mir entgegen, ganz leise, ich soll es nicht hören. Das ist nicht so einfach mit Knochenfüßen auf Stein: Hab ich recht?«
»Was redest du da? Ich komm dir entgegen, weils höflich ist.«
»Ihr Unholde seid nicht mehr das, was ihr wart.«
»Da bist du. Willst es nicht höflich? So mach ich es kurz. Ohne Lied. Hab heut zu viel schon gesungen. Bin müd. Nimm meine Sense zum Gruß. Schon sprudelt dein Blut, schon fällt dein junger Kopf, schon fällst auch du, gibst endlich Ruh«.
Der müde Tod wischt Blut von der Sense, klappert zurück auf sein Lager. Der Steinhauer bindet sein Hemd um den blutenden Stumpf seines Beins. Er war auf Händen gelaufen. Nun fehlt ihm sein Fuß. Der steckt noch im Stiefel. Er geht wie er kam auf den Händen leis durch die Nacht. Am Morgen ist er beim König.
»Ich habe den Unhold besucht, nun gib mir die Tochter zur Frau.«
»Du hast den Unhold besucht? Der hat dich zum Krüppel geschlagen. Du bist kein Mann für meine Tochter mehr.«

»Hab ich kein Fuß, so kann ich noch lieben,
hab ich kein Kopf, ist alles vorbei.«
»Ein elender Krüppel als König? Das lass ich nicht zu. Pack dich! Seh ich dich wieder, mache ich kurzen Prozeß.«
Da hüpft der Jüngling auf einem Bein den Schloßberg hinunter, verkriecht sich in einer Scheune am Wald.
»Nimm mich mit.«
»Wer spricht da?«
»Ich bins, dein Fuß.«
»Wo bist du?«
»Im Stiefel?«
»Was soll ich mit dir?«
»Du warst mir ein lieber Herr. Ich will dir weiter dienen.«
»Wie willst du mir dienen?«
»Ich lauf, wohin du willst,
ich sage, was du willst,
ich trete, wen du willst.«
»Da will ich mal sehn, was du kannst. Trete vom Schloßturm die Tür ein, trete wer dich dran hindert, frage die Tochter des Königs, ob sie wohl noch einen Krüppel liebt.«
Da eilt sein Fuß auf das Schloß, stiehlt sich vorbei an den Wächtern.
»Was war das?«
»Ich glaub, eine Ratte.«
»Ne trampelnde Ratte?«
»Es trampelt in deinem Kopf.«
»Das nimmst du zurück!«
»Wie soll denn eine Ratte trampeln?«
»Das frag ich mich auch!«
Da flüsterts im Turm:
»Ach wär ich doch nicht die Tochter des Königs!

Dann hätt ich den Jüngling zum Mann, der am Schloßtor die Steine behaut. Den lieb ich und nie einen andren.«
Da hört sie ein Bersten und Krachen tief in der Nacht.
»Es tritt wer die Turmtüre ein. Ach wenns doch der Steinhauer wär und mich raubte! Wer ist da?«
»Erschrick nicht.«
»Ich kann dich nicht sehen.«
»Ich bin des Steinhauers Fuß.«
»Sein Fuß?«
»Er schickt mich als Boten.«
»Da bist du. Was macht er? Wo ist er? Wie gehts ihm? Komm zu mir.«
»Ich bin nur ein Fuß in dreckigem Stiefel.«
»Ich putz deinen Stiefel mit Samtkissen sauber. Ich zieh dich hervor aus dem Stiefel, ich wasch dich, ich creme dich, ich halte dich warm.
Erzähle mir alles von ihm.«
»Der König hat ihn zur Nacht in den Steinbruch gebracht. Dort lief er dem Tod in die Sense. Doch weil er auf Händen lief, verlor er den Fuß, nicht wie die andern den Kopf.«
»Ich bin ja so glücklich.«
»Vorm König hat er gesungen:
Hab ich kein Fuß, so kann ich noch lieben,
hab ich kein Kopf, ist alles vorbei.«
»So glücklich!«
»Der König hat ihn fortgejagt: ›Ein elender Krüppel ist kein Mann für meine Tochter.‹ Jetzt sitzt er in einer Scheune am Wald und schnitzt sich zwei Krükken.«
»Bringe mich zu ihm.«
»Das hat er mir nicht gesagt.«

»Was hat er gesagt?«
»Ich soll dich fragen, ob du den Krüppel noch liebst.«
»Zurück mit dir in den Stiefel. Laufe und sage ihm: Ja!«
»Bis bald.«
»Da kommen Soldaten die Turmtreppe hoch. Die haben dein Lärmen gehört. Versteck dich bei mir in den Kissen.«
»Ich fürchte keine Soldaten.«
Da poltert des Steinhauers Fuß die Treppe hinab, tritt den Soldaten ins Hinterteil, noch eh sie den Säbel gezogen. Vom Turm her schallts in die Nacht von Wehgeschrei und Mädchengelächter. Ein Fuß springt den Schloßberg hinunter zum Wald.
»Sie liebt dich!«
»Sie liebt mich? Die Krücken sind fertig. Komm mit! Ich humpel zu ihr.«

»Wer kommt da?«
»Ein Mann auf zwei Krücken. Ein komisches Hündchen läuft neben ihm her. Der Steinhauer ist es.«
»Mein Liebster, mein Mann.«
»Er wagt es? Das ist sein Tod!«
»Zu Befehl, Majestät!«
»Ich habe versprochen, seh ich dich wieder, mache ich kurzen Prozeß. Hast dus vergessen?«
»Du hast mir die Tochter versprochen. Das hab ich nicht vergessen. Heut will ich sie haben.«
»Gebt diesem Krüppel den Rest!«
»Zu Befehl, Majestät!«
Da zieht ein ganzes Schwadron gegen den Krüppel und gegen ein komisches Hündchen.
»Attacke!«
Das Hündchen fegt wie ein Blitz in die Reihen der

Krieger, tritt ihnen allen den Hintern blau, daß sie am Boden sich winden und wimmern.
»Auf, auf!«
Der Hintern des Hauptmanns ist noch nicht blau.
Auf, auf zur zweiten Attack – au!«
»Mein Hauptmann und zweihundert Krieger liegen im Staub vor einem Hund und einem Krüppel?«
»Ja, so ist es, Majestät.«
»Der Hund kann sprechen?«
»Er kann noch viel mehr. Zeig es dem König.«
»Erbarmen!«
Der Fuß tritt den König, der Steinhauer tritt den Stumpf seines Beines gegen den Fuß. Da wächst was zusammen: Der Fuß zum Bein, der Stiefel zum König. Da sind sie ein Tier auf drei Beinen. Nicht lange. Der Steinhauer zieht seinen Fuß aus dem Stiefel. Da ist er nicht länger ein Krüppel. Da muß er zum Schuster. Der schustert ihm gerne ein neues Paar, denn sein alter Stiefel sitzt fest dem König am Arsch – hundertelf Jahre sitzt er dem König am Arsch, denn hundertelf Jünglinge hatten den Unhold im Steinbruch besucht – hundertelf Jahre, eh ihn der Tod endlich vom Stiefel befreit.

Die Tochter des Königs ruft aus dem Turmfenster weit übers Land:
»Der Tod hockt im Steinbruch. Keiner, der ihn besucht, kehrt mehr zurück. Nur einem ist es gelungen, und der ist mein Mann!«
Da zieht es keinen mehr in den Steinbruch. Der Tod sucht sich ein neues Quartier, weit weg vom Bratenduft und Geigenklang und fröhlichem Hochzeitstreiben.

Luzi

EIN BEAMTER *führt Luzi vor das Publikum*
Sie haben eine Stunde Sprechzeit. *Er geht.*
LUZI *beginnt zaghaft, aufgeregt, stockend zu sprechen.*

Am Anfang machten wir Himmel und Erd. Wir schwebten auf dem Gewässer und liebten uns. Und immer noch mehr. Und machten Gräser und Kräuter und Bäum. Wir machten. Wir machten Fisch für das Wasser und Würm für den Schlamm. Und machten all – all, all das Getier auf der Erd. Und Walfisch und Dachse und runde Pferde im Nil. Und machten Vögel und Bien für die Luft. Und rieben die Schwein ihr Fell aneinander, fühlten wir es mit unserer Haut. Und all das Getier mehrte sich. Und unser Lieb mehrte sich. Mit jedem Kindstier mehrte sich unser Lieb.
Die Panther hatten Kindspanther, die Hyänen hatten Kindshyänen, die Spatzen hatten Kindsspatzen, die Fisch hatten auch. Alle hatten, und wir wollten auch und machten uns Kindsgötter, und machten ihnen einen Garten, daß sie darin spielten. Sie waren schön wie wir und spielten – aber – aber anders spielten sie. Was war das, daß sie nach unserm Bild waren und waren doch wie Getier?
Aus Kindskäfern wurden Käfer, aus Kindslöwen Löwen, aber aus unsern Kindern wurden nicht Götter. Was war das?
Sie hatten unser Kraft zu lieben und zu wirken nicht. Warum?
Zebbet hat es nicht gewollt.
Warum, Zebbet? Warum?
Bald sah ich Hasen lieber hoppeln, sah Schweine lieber fressen, Ochsen lieber saufen, als meine Kinder – waren das denn meine – ?

Sie aßen Frücht gern. Da hab ich jedem Kind einen Baum gemácht und hab die Bäum mitten im Garten gemacht mit schönem Blattwerk und Frücht so süß, davon hatte der eine welche, die waren, daß wer sie aß, erkannte, wer er war und auch die Lieb, und was der Lieb Feind ist. Der ander hatte Frücht so süß, die gaben ewig Leben. Sie sollten davon essen, und richtig werden wie wir. Richtig wie Zebbet und richtig wie Luzifa. Das ist mein Nam.

Doch schlimmer Schreck! Er, Zebbet nannte alle gut, nur meine Frücht nicht. Nur meine nicht, geehrte Damen und geehrte Herren, ist das zu verstehn? Nur meine nannt er schlecht.

Und Zebbets Stimme schallte durch den Garten:

»Ihr sollt von allen essen, nur von denen nicht. Eßt ihr von denen, sollt ihr Todes sterben.«

Ach, eßt doch, daß ihr richtig werdet. Sie sind süß. Sie schmecken, warum eßt ihr nicht?

»Eßt ihr von denen, sollt ihr Todes sterben.«

Ach, warum?

»Es soll nicht ander Götter geben neben uns.«

Nicht ander? Nicht? Verdient denn unser Lieb nicht auch ein wahrhaft Ebenbild? Ist unser Lieb geringer als vom Salamander? Dem ist ein wahrhaft Ebenbild vergönnt.

»Es soll nicht ander Götter geben neben uns.«

Da ging ich aus der Sonn in die Dämmerung, versteckt mich im Gesträuch. Und durch den Garten blies ein Wind und blies die Schatten lang. Das Gras erzitterte. Ich war wie Gras. So fanden mich Adamm und Ev und schauten auf mich und schauten wie zwei Lämmerschaf.

Da stellt ich mich zu ihnen auf und sprach:

Adamm und Ev, eßt nicht von den Früchten, die ich

für euch gemacht hab, oder ihr werdet wie die, die euch gemacht haben, die wissen, wer sie sind, die wissen, was die Lieb ist, und wissen, was der Lieb Feind ist.
Die Wort, die waren ihnen wie das Abendlicht und waren nicht zum begreifen.
Die Frücht aber waren rot und rund. Die waren zum Begreifen. Und rochen süß nach Lieb und waren gut zum Essen.
Ach, hätten sie vor Abend noch von beiden Bäum gegessen! Es hätte alles können werden, Ach, vor Abend noch, bevor sie Zebbet fand und sie verjagte aus dem Garten und Cherubim stellte mit dem hauenden Schwert vor den Baum des ewigen Lebens.
Zebbet zürnte, daß der Himmel lohte und fluchte Schlange mich. Ich kroch zum Rand des Himmels. Zebbet! Ach! Und weinte. Tränen türmten sich am Rand. Die Lieb. Die Lieb. Er hatte sie aus seinem Leib gerissen! Nun sah er, seine unvollkommnen Kinder hatten noch davon. Das weckte Unmut, machte krank und stachelte den Zorn. So steht es auch in euerm schwarzen Buch geschrieben. Das ist nur halbe Wahrheit, so als hätte Zebbet Erd und Himmel ohne Luzifa gemacht. Doch wahr ist manches doch, was hier geschrieben steht:
Luzi liest aus der Bibel:
Da sich aber die Menschen begannen zu mehren auf Erden, und ihnen Töchter geboren wurden, da sahen die Kinder Gottes nach den Töchtern der Menschen, wie sie schön waren und nahmen zu Weibern, welche sie wollten. Da sprach der Herr: Die Menschen wollen sich von meinem Geist nicht mehr strafen lassen; denn sie sind Fleisch. Ich will die Menschen, die ich geschaffen habe, vertilgen von der Erde, vom Men-

schen an bis auf das Vieh und bis auf das Gewürm und bis auf die Vögel unter dem Himmel; denn es reut mich, daß ich sie gemacht habe. Da sah Gott auf die Erde, und siehe, sie war verderbt; denn alles Fleisch hatte seinen Weg verderbt auf Erden. Da sprach Gott zu Noah: Alles Fleisches Ende ist vor mich gekommen; denn die Erde ist voll Frevels von ihnen. Und siehe da, ich will sie verderben mit der Erde. Denn siehe, ich will eine Sintflut mit Wasser kommen lassen auf Erden, zu verderben alles Fleisch, darin ein lebendiger Odem ist, unter dem Himmel. Alles was auf Erden ist, soll untergehen.

Untergehen alles – was mit Lieb gemacht – soll untergehn, ersaufen, – totgeschlagen hat er es mit meinem Tränenberg. Mit meinen Tränen hat er es begraben, der Alleinige. Alleine schwebten wir nun wieder auf dem Wasser wie am Anfang. Nur die Lieb war fort, war tot und in der Tränenflut ertrunken. Ich sah nach ihm und sah, daß er nach mir nicht sah und sah, daß er aufs Wasser sah, und sah auf meinen Tränen einen Kasten schwimmen, der war gefüllt mit Mensch und Tier.
Er saß und sah auf diesen Kasten hin. Und ließ sich diesen Kasten zur genüge sein. Der Menschen Wege zu verfolgen, war Zebbets neuer Zeitvertreib.
Vergessen krümmt ich mich am Himmelsrand. Fleisch, Fleisch, für immer leergeweintes Fleisch. Das ging, bis ich mich mehr und mehr vergaß und mich zusammenzog und schrumpfte an meinem eisig hohen Himmel und wurde hart und kalt wie Stein, zu schwer zum Schweben, also fiel ich.
Vielleicht auch spürt ich in den Eiseshöhen den warmem Dunst der Erde zu mir steigen, wo unvollkom-

men und vergänglich Lieb noch war. Vielleicht wollt ich nur länger nicht mehr frieren. Vielleicht auch hatten alle Tränen mir mein Ich zum Leib heraus zur Erd gespült, wo es in Sand und Stein versickert war. Dort fiel ich hin, mein Fortgespültes aufzuspüren und mein Versickertes zu fassen! Aah!
Der Winter war vorbei. Am Erdgrund lag mein Leib. Die Sonn erschien. Ein Wind strich über meine Haut und spielte mit meinem Haar. Ich atmete und wuchs und hörte Gräser wispern, Vögel singen und das Murmeln eines Bachs. Es roch nach trocknem Laub, nach Erd und Holz von alten Bäum, nach frühen Tagen. Die Lieb, die wir verströmten, als wir Bäum und Gräser machten, floß zurück zu mir aus Bäum und Gräsern, floß zurück zu mir. Aus allem, was wir einmal machten, sah und roch und hörte ich die Lieb. Die silbergrauen Bäum, die blassen Gräser waren gut und raschelten und raunten mir vom schönen Anfang, hielten weich und trocken warm umhüllt mich wie ein Nest das frisch geschlüpfte Vogelkind. Falter tanzten, zwischen Büschen blinzelte der Bach mit Sonnenlicht und murmelte von Lieb. In einem Dreieck zwischen einem Weidenstamm und einer Wellblechhütte sah ich einen Menschen. Ich richtete mich auf. Ein Wind umwehte meinen Leib, daß ich zu schweben glaubte wie an Zebbets Seit.
Hin zu den Menschen zog es mich. Ich lief und meine Haare flogen, und Gräser streichelten die Bein. Ich freute mich an meinem Körper, bog ihn hin und her und tanzte, hüpfte übern Bach auf einen Schotterplatz. Ein Auto fuhr vorbei. Es hupte. Menschen kurbelten die Autofenster runter, lachten, jubelten mir zu. An einem Gartenzaun hing ein geblümtes Kleid. Das hatten Wind und Regen tief in seine Lat-

ten eingedrückt. Ich riß es raus. Es klebte steif wie Holz am Zaun. Ich zog es an, damit ich menschenähnlich würde. Es fühlte warm sich an und trocken und raschelte wie Schlangenhaut und roch nach lang verdorrten Blumen. Schotter knirschte unter meinen Füßen. Schräg übern Fluß ging eine Eisenbrück. Vier Jungen warfen Stein ins braune Wasser. Dahin ging ich. Vier mal Zebbets Ebenbild. Sie lachten frech und voller Neugier zu dem Menschenmädchen, das vorüberging im Lumpenkleid die Teerchaussee hinauf. Ummauerte Fabriken. An einem Stopschild stand ein Mann und kaute und stellte sich mir kauend in den Weg. Aus vielen Fenstern schauten Augen, nachdem mich Ewigkeiten niemand sah, so viele Schauer. Hoch am Himmel schaute Zebbet und konnte seinen Blick nicht von mir lassen. Hah! Ein Mann auf einem Motorrad in schwarzer Lederkleidung sah sich nach mir um und lachte! Vorbei am Kauer ging ich zu ihm, klopfte ihm auf seinen Silberhelm und sagte:
Ich heiße Luzifa und bin seit drei Minuten auf der Erde.
»Ich heiße Franz und bin in sechs Sekunn auf Hundert.«
Ich schwang mich hinter ihn aufs Motorrad. Wir donnerten zum Fluß zurück. Die Jungen auf der Brücke winkten, Schotter spritzte. Ich hielt den schwarzen Mann im Arm und sah am Himmel Zebbets Augen. Wir hielten dicht an einem Rummelplatz.
»Hereinspaziert! Damen und Herren!«
»Da lacht das Herz. Diese Preise sind kein Scherz!«
»So ein Tag, so wunderschön wie heute, so ein Tag, der sollte nie vergehn.«
»Prost, Prost, Kamerad –!«

»Und immer wieder einsteigen und gewinnen, meine Damen und –«
»Mark, Mark, Mark, Mark! –«
»Das muß man erlebt haben! Das muß man gesehen haben!«
»Banane, Banane, Banane!«
»Laß mich bitte nicht alleine, Marc Antonio,
denn du findest niemals eine so wie mich,
denn mein Herz ist nicht zum wandern, Marc Antonio,
denn ich liebe keinen andern so wie dich.«
»Da bleibt kein Auge trocken. Dabeisein und mitmachen, meine Damen und Herren! Dabeisein, wo das Glück lacht!«
»Hier geht es rund! Hier ist was los!«
»Und nun auf ganz speziellen Wunsch: Kaspar Krauses Ringelspiel mit großer Höllenfahrt!«
»Hoddeldikoddeldi Kokusnöt! Allens saftig, allens söt!«
»Nachhause, nachhause, nachhause gehn wir nicht.«
»Hol dir die Super-, Super-, Super-Riesenmaus!«
»Hereinspaziert!
Und auf gehts! Neue Runde, neues Glück! Damen und Herren!
Immer wieder auf und nieder.«
Wir taumelten in eine Geisterbahn in Finsternis und Höllenlärm. Ich klebte wie mein Kleid am Zaun am Franz. Wir küßten uns und sanken tiefer und wurden Franzluzi und Luzifranz. Die Liebe. Ihre irdische Gestalt. Ich war verwandelt: Nicht mehr Göttin Luzifa, war Luzi, eins von meinen Kindeskindern, sterblich, war gefallen, war nicht mehr allein, war Mensch.
Ich sah durch einen Spalt im Zelt der Geisterbahn Zebbet vom Himmel niederfahren und in die höchste Gondel eines Riesenrads hinein.

Wir krochen in den Tag zurück. Die Menschen kreischten.
»Ein nackter Mann!«
»Im Riesenrad!«
»Ein Irrer!«
»Hilfe, Polizei!«
Fort, fort! Komm, Franz, komm fort von hier. Ich will mit dir alleine sein.
Wir klammerten uns aneinander, schoben uns durch Menschen, Buden, Jahrmarktswagen, endlich freies Feld.
Im Schutze eines Dornenbuschs versuchte Franz, sich eine Zigarette anzuzünden. Doch der Wind ließ das nicht zu, blies jede Streichholzflamme aus, wie sehr wir sie auch mit vier Händen schützten, bis aus den Dornen eine Hand an einem nackten Arme wuchs. Die gab Franz Feuer. Jeder Wind stand still. Der Schrecken trieb uns übers Feld vom Zauberdorn zum Motorrad. Franz trat den Starter durch, der Motor schwieg. Franz wütete, versteckte hinter groben Flüchen seine Angst. Da kam ein nacktes Bein und trat aufs Startpedal. Der Motor brummte augenblicklich, voller Panik donnerten wir fort.
Wo fährst du hin?
»Wohin du willst. Weit fort.«
Weit fort, wo keine nackten Männer sind.
Wir brausten aus der Sonn in Dämmrung. Wind blies alle Schatten lang. Ich war wie Gras auf Franzens Motorrad.
Ein feiner Regen fiel.
Buchstaben leuchteten am dunkelgrauen Himmel: EDEN-NIGHT-CLUB, gelb und rosa.
Franz hielt an. Wir stiegen eine Treppe hoch. Wir klopften gegen eine Tür, an der in goldnen Lettern

EDEN-NIGHT-CLUB leuchtete. Die Tür bekam zwei kalte Augen, einen Mund:
»Bedaure. Nicht in diesem Aufzug, meine Herrschaften.«
Doch eh die Augen sich verdrückten, war hinter uns die Stimme Zebbets:
»Lasset sie ein; denn dieses sind meine Gäste. Ich habe meinen Tisch für sie bestellt.«
Die Tür ging augenblicklich auf.
»Ich wünsche einen guten Abend, Fürst, und viel Vergnügen, Fürst. Wie geht es Ihnen heut?«
»Ich danke. Bestens. Und wie geht es Ihnen?«
»Es könnt nicht besser gehen, Fürst.«
»Das hört man gern.«
Der Fürst nahm mich in seinen linken, Franz in seinen rechten Arm. Er führte uns auf dunkelrotem Sammet durch Musik und Duft und Stimmgewirr und Rauch an einer Frau vorbei, die sich aus einer Schlangenhaut zu süßen Tönen pellte, zu seinem Tische hin. Wir setzten uns.
In einer Spiegelwand sah ich uns drei: in stolzer würdevoller Nacktheit Zebbet, daneben Franz verstört und bleich in schwarzer Motorradmontur, und ich in meinem Lumpenkleid, das Haar zerzaust von der Motorradfahrt im Regen. Er sah mich an, und zupfte einem Kellner sein weißes Tuch vom Arm.
»Herr Ober, Sie gestatten?«
Und rieb mein Haar mit jenem Tuch und blies es an, daß es sich weich und wunderbar auf meine Schultern legte, und dankte lachend dem erstaunten Kellner, der uns sodann vom Besten aus dem Aktuellen EDEN-Angebot servierte. Franz war nicht wohl in seiner Haut. Und trotzdem lachte er und speiste, was er vom Namen her nicht kannte, und spülte mit Champagner sei-

nen Schrecken fort. Mir gings nicht anders. Die Musik. Ein süßer Taumel. Schweben zwischen ihm und Franz am Himmel schneller schweben schneller ich an Franz geklammert schneller laß mich bitte nicht alleine Marc Antonio hatten ihn bald abgehängt in acht Sekunn auf Hundert denn du findest niemals eine so wie mich umschlungen eng und fest und immer schneller denn mein Herz ist nicht zum wandern Marc Antonio denn ich liebe keinen andern so wie dich wir sinken tief zur Erde Sonnenlicht mein Landeplatz mein Nest aus blassem Gras und silbergrauen Bäumen Franz und Tränen fließen wieder Bäume rauschen und der Bach und Lachen Lieben Lachen Lieben Lachen Geister Gräser werden Spinnweb Bäume Knochenmänner dröhnen mit der Stimme Zebbets.

»Luzifa!«

Ich reiß die Augen auf und habe Zebbet über mir.

»Ich war verblendet, Luzifa. Vergib mir.«

Ich will los und kann nicht. Er liegt schwer, er liebt mit ungeheurer Wut, so wie ein Gott, der sich die Lieb fünftausend Jahr verboten hatte.

Hilf mir Franz!

»O, Luzifa! Ich hatt die Lieb vergessen über unserm Werk. Ich will dich wieder, Luzifa!«

Ich nicht! So hilf doch, Franz!

»Dich lieben, Luzifa! dich lieben!«

Nein!

Ich liebe dich nicht mehr, nicht mehr, nicht mehr, nicht mehr!

Ach, endlich hörte er.

»Was sagst du?«

Du wolltest Kinder nicht wie wir. Jetzt sind wir selbst wie diese Kinder, sterblich, und haben unsre Kraft nicht mehr zu lieben und zu wirken.

»Wir sind die Götter, Luzifa. Der Himmel wartet. Er ist leer. Komm, komm.«
Warst du so blind vor Eifersucht, so blind, daß du nicht sahst, wie wir uns liebten? Franz und ich im Zelt der Geisterbahn? Warst du so blind?
Der große Menschenschauer hatte nichts gesehen.
Ich habe Franz geliebt und liebe ihn noch heut.
Es klopfte.
»Wer ist da?«
Zimmerkellner öffneten und rollten uns den Frühstückstisch herein.
»Zweimal Champagner-Austern-Frühstück, bittesehr.«
Die Kellner gingen.
Zebbet griff den Tisch und schleuderte ihn gegen mich.
»Wir Götter sterblich? Wegen eines Franzes?!«
Er tobte, polterte wie nur ein kleiner, dummer Mann, bis Polizei erschien. Ich bin seitdem in diese Mauern eingesperrt. Ich will den Franz. Der ist in dieser Stadt. Hier ist ein Brief für ihn. Ich geb ihn euch. Er wohnt bei euch. Ihr gebt ihn Franz. Ich danke euch so sehr, ihr lieben Menschen. Franz hat breite Schultern, Franz wird kommen, holt mich weg von hier zu den –

Der Beamte erscheint, schaut auf seine Uhr, steckt den Brief ein und führt Luzi ab.

FRIEDRICH KARL WAECHTER
geboren 1937 in Danzig, Studium der Gebrauchsgraphik in Hamburg 1956–1959. Seit 1969 Mitarbeiter der Zeitschrift *Pardon*, später *konkret, Twen* und *Titanic.* 1983 Brüder-Grimm-Preis des Landes Berlin. 1993 Hessischer Kulturpreis. Lebt in Frankfurt.

Theaterstücke: Die Beinemacher 1974; Pustekuchen 1975; Schule mit Clowns 1975; Die Bremer Stadtmusikanten 1977; Kiebich und Dutz 1979; Der Teufel mit den drei goldenen Haaren 1981; Nach Aschenfeld 1984; Ausflug mit Clowns 1985; Der Schweinehirtentraum 1990; F.K. Waechters Ixypsilonzett 1990; Luzi 1992; Armer Yorik 1992; Die letzten Dinge 1992; Müllers Hut 1993; Die Eisprinzessin 1993; Frankensteins Monster 1993; Die elenden Vier, Singspiel 1994; Bremer Wind, Musical 1995; Prinz Hamlet 1995; Das Pferdeauge 1996.

THEATERBIBLIOTHEK IM VERLAG DER AUTOREN

konrad bayer, theatertexte
Augusto Boal, Mit der Faust ins offene Messer
Walter Boehlich, 1848
Karlheinz Braun (Hrsg.), MiniDramen
Ken Campbell, Mr. Pilks Irrenhaus
Daniil Charms, Theater! Fast alle Stücke
Pierre Corneille, Der Cid / Spiel der Illusionen
Stefan Dähnert, Herbstball
Wolfgang Deichsel, Werkausgabe
Band 1: Etzel;
Band 2: Der hessische Molière;
Band 3: Frankenstein I. Aus dem Leben der Angestellten;
Band 4: Frankenstein II. Die Zelle des Schreckens
Band 5: Komiker
Ernst-Jürgen Dreyer, Die goldene Brücke
Helmut Eisendle, Die Gaunersprache der Intellektuellen
Hans Magnus Enzensberger, Nieder mit Goethe! / Requiem für eine romantische Frau
István Eörsi, Das Verhör / Jolán und die Männer
Rainer Werner Fassbinder, Anarchie in Bayern und andere Stücke
- Antiteater
- Die bitteren Tränen der Petra von Kant / Der Müll, die Stadt und der Tod
- Bremer Freiheit / Blut am Hals der Katze
- Katzelmacher / Preparadise sorry now
Ludwig Fels, Der Affenmörder
- Soliman / Lieblieb
- Sturmwarnung
Dario Fo, Diebe, Damen, Marionetten

Dario Fo, Hilfe, das Volk kommt!
- Johan vom Po entdeckt Amerika
- Obszöne Fabeln / Mistero Buffo
- Der Papst und die Hexe
- Wer einen Fuß stiehlt, hat Glück in der Liebe

Jean Genet, Splendid's / Sie
Wilfried Happel, Das Schamhaar / Mordslust
Gert Jonke, Opus 111. Ein Klavierstück
Bernard-Marie Koltès, Kampf des Negers und der Hunde / Die Nacht kurz vor den Wäldern
- Roberto Zucco / Tabataba
- Rückkehr in die Wüste
- Sallinger

Fitzgerald Kusz, Stücke aus dem halben Leben
- Let it be. Drei Stücke von der Liebe

Eugène Labiche / Botho Strauß, Das Sparschwein
Dea Loher, Fremdes Haus
- Olgas Raum / Tätowierung / Leviathan

Molière, Der Menschenfeind / Der Tartuffe
Libuše Moníková, Unter Menschenfressern
Elfriede Müller, Die Bergarbeiterinnen / Goldener Oktober
Georges Perec, Die Gehaltserhöhung / Die Kartoffelkammer
Klaus Pohl, Das Alte Land
- Heißes Geld
- Karate-Billi kehrt zurück / Die schöne Fremde
- La Balkona Bar / Hunsrück

Jean Racine, Berenike / Britannicus
- Phädra / Andromache

Gerlind Reinshagen, Himmel und Erde
Friederike Roth, Ritt auf die Wartburg / Klavierspiele
gerhard rühm, theatertexte
Hansjörg Schneider, Der Irrläufer

Georg Seidel, Carmen Kittel / Königskinder
Susan Sontag, Alice im Bett
Vladimir Sorokin, Dysmorphomanie / Das Jubiläum
- Pelmeni / Hochzeitsreise. Zwei Stücke
Kerstin Specht, Lila / Das glühend Männla / Amiwiesen
  - Carceri/Mond auf dem Rücken / Der Flieger
Friedrich Karl Waechter, F.K. Waechters Erzähltheater
  Neun Stücke
Urs Widmer, Jeanmaire. Ein Stück Schweiz
- Die lange Nacht der Detektive
- Nepal / Der neue Noah
- Der Sprung in der Schüssel / Frölicher - ein Fest
- Stan und Ollie in Deutschland / Alles klar
Karst Woudstra, Das stille Grauen eines Wintertages in
  Ostende / Strand

KINDER- UND JUGENDTHEATER

Ken Campbell, Fazz und Zwoo. Die Schlündelgründler
Dirk H. Fröse (Hrsg.), Schwedisches Kindertheater. Fünf
  Stücke
- Schwedische Theaterstücke für Kinder. Sechs Stücke
Wilfrid Grote, Hinter den sieben Tapeten
Kindertheater aus den Niederlanden. Fünf Theaterstücke
Wolfgang Schneider (Hrsg.), Theatre for Children – Made in
  Germany. Nine contemporary plays
Marion Victor (Hrsg.), Spielplatz. Theaterstücke für Kinder
  Bände 1-10
Friedrich Karl Waechter, Kiebich und Dutz / Pustekuchen
- Der Schweinehirtentraum / Die Bremer Stadtmusikanten
Friedrich Karl Waechter/Ken Campbell, Schule mit Clowns
  / Ausflug mit Clowns

PROSA, ANTHOLOGIEN, GESAMTAUSGABEN

Rainer Werner Fassbinder, Sämtliche Stücke
Bernard-Marie Koltès, Flucht zu Pferd bis ans Ende der Stadt. Roman
- Prolog und andere Texte
Georg Seidel, Villa Jugend. Hrsg. v. Andreas Leusink
Theaterteksten. Sieben Stücke aus Flandern und den Niederlanden
Peter Urban (Hrsg.), Fehler des Todes. Russische Absurde aus zwei Jahrhunderten
Friedrich Karl Waechter, Die letzten Dinge

THEORIE, ESSAY, KRITIK

Curt Bois, So schlecht war mir noch nie. Aus meinem Tagebuch Mitarbeit Wolfgang Deichsel
Rolf Boysen, Nachdenken über Theater
Dario Fo, Kleines Handbuch des Schauspielers
Heiner Müller, Gesammelte Irrtümer 1 - 3 Drei Bände in Schuber
Botho Strauß, Versuch, ästhetische und politische Ereignisse zusammenzudenken. Essays und Theaterkritiken

FILM

Augenzeugen. 100 Texte neuer deutscher Filmemacher Hrsg. von Hans Helmut Prinzler und Eric Rentschler
Fassbinders Filme 2: Warum läuft Herr R. Amok? / Rio das Mortes / Whity / Die Niklashauser Fart / Warnung vor einer heiligen Nutte. Hrsg. von Michael Töteberg

Fassbinders Filme 3: Händler der vier Jahreszeiten / Angst essen Seele auf / Fontane Effi Briest
Fassbinders Filme 4/5: Acht Stunden sind kein Tag
Federico Fellini, Ich bin ein großer Lügner. Ein Gespräch mit Damien Pettigrew
Edgar Reitz, Drehort Heimat. Arbeitsnotizen und Zukunftsentwürfe. Hrsg. von Michael Töteberg
Andreas Rost (Hrsg.), Reden über Film
Band 1: Bilder der Gewalt
Band 2: Der schöne Schein der Künstlichkeit
Band 3: Der zweite Atem des Kinos
Helma Sanders-Brahms, Das Dunkle zwischen den Bildern Essays, Porträts, Kritiken. Hrsg. von Norbert Grob
Scorsese über Scorsese. Hrsg. von David Thompson und Ian Christie
Douglas Sirk, Imitation of Life. Ein Gespräch mit Jon Halliday. Deutsche Ausgabe herausgegeben von Hans-Michael Bock und Michael Töteberg
François Truffaut, Die Filme meines Lebens. Hrsg. von Robert Fischer
Wim Wenders, Einmal. Bilder und Geschichten
- Emotion Pictures. Essays und Filmkritiken Hrsg. von Michael Töteberg
- Die Logik der Bilder. Essays und Gespräche
- The Act of Seeing. Texte und Gespräche
- Tokyo-Ga. Ein Filmtagebuch
- Electronic Paintings. Aquarelle, Zeichnungen, Collagen
- Die Zeit mit Antonioni. Chronik eines Films